白 马 时 光

感谢离

〔日〕河崎启一 著

吴一红 译

百花洲文艺出版社

图书在版编目（CIP）数据

感谢离/（日）河崎启一著；吴一红译. —南昌：百花洲文艺出版社，2022.9
ISBN 978-7-5500-4630-6

Ⅰ.①感… Ⅱ.①河…②吴… Ⅲ.①散文集—日本—现代 Ⅳ.①I313.65

中国版本图书馆CIP数据核字（2022）第125141号

江西省版权局著作权合同登记号：14-2022-0055
KANSHARI —ZUTTO ISSHONI
©Keiichi Kawasaki 2020
All rights reserved.
First published in Japan in 2020 by Futabasha Publishers Ltd., Tokyo.
Simplified Chinese translation rights arranged with Futabasha Publishers Ltd.
Through East West Culture & Media Co., Ltd.
Simplified Chinese translation copyright © 2022 by Beijing White Horse Time Culture
Development Co., Ltd.

感谢离
GANXIE LI

〔日〕河崎启一 著　吴一红 译

出版人	章华荣	出品人	李国靖
特约监制	何亚娟　夏 童	责任编辑	游灵通　程 玥
特约策划	杨 帅　张 丝	特约编辑	张 丝　王紫璇
营销编辑	许 甜	封面绘图	亦良璇子
封面设计	小茜设计	版式设计	彭 娟
出版发行	百花洲文艺出版社		
社　址	南昌市红谷滩区世贸路898号博能中心Ⅰ期A座20楼		
邮　编	330038		
经　销	全国新华书店		
印　刷	三河市金元印装有限公司		
开　本	787mm×1092mm　1/32		
印　张	7.5		
字　数	126千字		
版　次	2022年9月第1版		
印　次	2022年9月第1次印刷		
书　号	ISBN 978-7-5500-4630-6		
定　价	49.80元		

赣版权登字：05-2022-128
版权所有，侵权必究
发行电话　0791-86895108　　　　　网　址　http://www.bhzwy.com
图书若有印装错误，影响阅读，可向承印厂联系调换。

目 录

CONTENTS

序 "感谢离"——永世夫妻   001

第一章 红线的牵引

妻子于我,是十二亿五千万分之一的命定之人   009

九十年前,雪花纷飞的札幌   011

因父亲工作几经调动,小时候搬了四次家   015

美丽的母亲的教诲   019

"元气节"的炸虾   027

战时的苦难生活   029

继承父亲衣钵,成为一名银行职员   033

第二章　与爱妻和子的邂逅

久留米分行邂逅命定之人	041
单身宿舍的情窦初开夜	045
猝不及防的火热情书	049
零次约会，直接提出结婚	053
冰激凌是恋爱的味道	057
终成眷属！新婚旅行去了阿苏	059
以目黑的两间"四叠半"和一架钢琴，开启新婚生活	063
翘首以盼的长女，还有儿子出生了	069

第三章　水深火热的银行工作,以及妻子的奋战

受命担任融资专员	077
努力工作,拼命玩!代价是冷落了家人	079
妻子打出了一场漂亮的持久战	081
对和子灌的迷汤毫无招架之力	085
家里的"出息"与"高升"	089
简简单单的微笑和一句"你回来啦"	093

第四章　退休生活

在银行职员家属"岗位"上坚守二十八年,奖励是

一架三角钢琴　　　　　　　　　　　　　　099

我的奖励是一把"男士椅"　　　　　　　　105

在"两代居"住宅里,陪母亲走完人生最后一程　109

用一套靠海的公寓回报妻子的付出　　　　　111

过好退休生活的秘诀是,切莫勉强自己　　　113

和子的"蒜头鼻"　　　　　　　　　　　　117

严峻的考验来临　　　　　　　　　　　　　121

第五章　陪爱妻走完人生最后一程

妻子的异常　　　　　　　　　　　　　　　125

尽管努力做康复训练……　　　　　　　　129

居家照护，还是一起进养老院？　　　　　133

为入住"老人之家"，开始"断舍离"　　137

总有一天会回家的！　　　　　　　　　　141

车和三角钢琴没了　　　　　　　　　　　145

在"老人之家"，梦回当年新婚宴尔时　149

妻子对护理人员说的那些温柔话语　　　153

住进"老人之家"后，完成三大挑战　　157

日渐衰弱的妻子　　　　　　　　　　　　161

和子生命的最后时刻　　　　　　　　　　165

以家族葬的形式送别妻子　　　　　　　　171

v

第六章 "感谢离"和"代谢离"

走出悲伤的第一步	179
初识妻子不为人知的一面令我流泪	183
"代谢离"——放手,才能重新开始!	189
道不尽的"谢谢"	193
"总有一天"终究没有到来	197
再见了,"Wu De"	201
我的文章在《朝日新闻》上登出!	203
"断舍离"倡导者山下英子老师给了我绝佳的建议	209
"七年过去了,内心停滞已久的时钟终于开始摆动"	211
一百岁前,挑战"千人握手大作战"	213
若有来世,若还结婚,仍要娶和子为妻	215
对伴侣,可以给予更多信赖	219
在天国,也要永远琴瑟和鸣两相依	223
结束语	227

序
"感谢离"——永世夫妻

妻子于今年3月离世了。我们携手走过了六十二年的婚姻旅程,她是我心中无可替代的人生伴侣。我们曾一同住进了"老人之家",那儿的收纳架尚留有她的一些衣物。当我着手整理那些遗物时,心头满是酸楚。

"断舍离"这一热潮掀起已久,至今依然热度不减。但毕竟说起来容易,做起来却很难。

我得摆脱寂寞。对那些曾带给妻子肌肤温柔的呵护,并提升了她气质的衣服,我一一低头致意,道一声"谢谢",随后将其装入袋中。

其间,脑海里闪过"感谢离"这几个字。嗯,这几个字不赖。

不过，妻子在穿衣方面也太节俭了。衣服穿久了磨损得厉害，透着一股陈旧感。这不，我手上这件睡衣的领子都磨破了。扔掉这些，我于心不忍。等我去了天国，一起去买新的吧，要新陈代谢。嗯，这便是"代谢离"。

我心中的阴霾慢慢消散了，往返于架子和袋子间的手渐渐找到了节奏感。

我曾一度认为只有活着才谈得上陪伴，但我错了。我和妻子之间的感情不会休止。从今往后，我们也依然是夫妻，不论去到何处。总有一天，我们会再相见。再见面时，第一件事就是出门，购物去！

以上这篇拙作，竟破天荒地刊登在《朝日新闻》（2019年5月19日）的《男人的叹息》专栏上，而那距今已有九个月了。

打那以后，我独自挨过了酷热难当的夏天，挨过了暴风雨频袭的秋天，挨过了寒风格外凛冽的冬天。眼看就到桃花盛放的时节了，可没有爱妻和子相伴的春天，寂寞难挨。

曾经，金灿灿的阳光洒在"老人之家"的阳台上时，我俩肩靠着肩，坐看远处的富士山掩映在春霞之中。

我用轮椅推和子出去散心，我俩一起遥望儿童公园的一本樱[1]。

如今，偌大的房间里，只有床、茶几、椅子和书架，空落落的。在这里，我对妻子的思念从未断过。

我想她。哪怕是一眼，我也想见见她，再抱她一次。

为什么和子不在我的身边呢？

不，不是这样的。

妻子并非不在了。

即便现在，步入第六十四个年头了，和子依然是我的珍贵伴侣。

妻子离世后，我开始慢慢调整心态，试着以感恩的心情整理她的遗物。

毕竟与她的物品的分别只是物质上的分离。从精神上说，我们永远在一起。

虽曾历尽万难，但我们生活得很幸福。现在也很幸福。

是这样吧，和子？

这份投稿，让我收获了众多读者的鼓励与支持。

想必有许多人因失去珍贵的老伴儿，余生的时钟就此停摆，脚步就此停歇。我也经历过那样的至暗时光。

不必勉强自己，因为那是必经的阶段。

---

1 一本樱：单棵栽种，孤傲矗立、自成一格的樱花树。

不过，我想说：你，绝不是一个人。

你即便已去了天国，我精神上也始终与你同在。

若我们夫妻二人的过去和将来，以及"感谢离"与"代谢离"的日常点滴，能给正在经历至亲离世之痛的读者带去些许安慰，那就再好不过了。

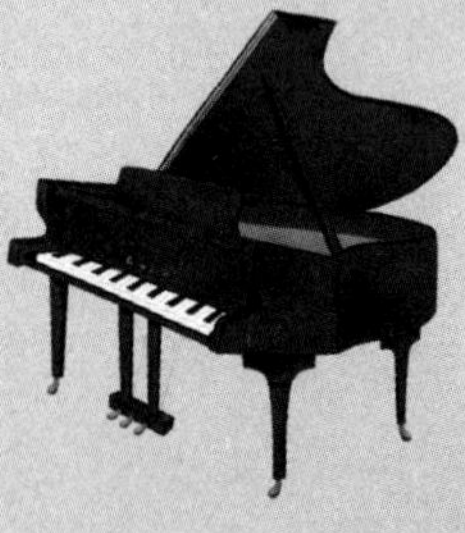

第一章 红线的牵引

想必有许多人因失去珍贵的老伴儿，余生的时钟就此停摆，脚步就此停歇。我也经历过那样的至暗时光。

妻子于我,是十二亿五千万分之一的命定之人

我与爱妻和子相识于 1950 年。

据说那时的世界约莫有二十五亿人。

如果世界人口的一半是女性,那么我与妻子,便是在十二亿五千万分之一的概率下相遇的。

对我来说,她简直是奇迹般的存在。不过,起初我并未意识到我们之间有根红线在牵引着彼此。

或许该这么说:当我回过神时,在红线的牵引下,她已然成了我最深爱的人。

接下来,我想先谈一谈,我从出生到遇见和子之间那二十余年的经历——那些造就了彼时的我的人和事。

若各位愿听我讲讲,我将倍感荣幸。

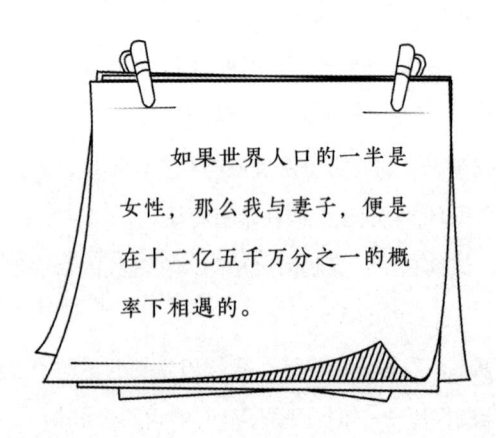

如果世界人口的一半是女性，那么我与妻子，便是在十二亿五千万分之一的概率下相遇的。

九十年前，雪花纷飞的札幌

当被问到"你是哪里人"时，我总是回答："我的故乡是熊本，但我出生在札幌。"

通常，对方都会一脸诧异道："咦，这是为什么呢？"

"是因为父亲工作调动。"

说来实在话长。

我向来一句话轻描淡写地带过。

1929年11月20日，深夜的札幌，雪花纷飞，地面上白雪皑皑。那夜，我呱呱坠地了。

对于我的父亲河崎文夫——一名银行职员，和比他小十一岁的我的母亲久子而言，我是他们翘首以盼的长子。

据说，我的名字"启一"里有一字乃是取自我祖父的戒名[1]——"启正院"。

由此可见,对于我的诞生,父母是何等期待和喜悦。

如今想来,承欢于我母亲怀中的第一个孩子是我,吮吸我母亲乳房的第一个孩子还是我。

就这样,凡事都被我一人给抢了先。我以"第一个孩子"的身份出生,实在是金贵。

据说,母亲克服难以言喻的分娩剧痛,将我带到这个世界上后,看着睡在一旁还是婴孩的我时,内心是这样想的:身旁的你,露出个小脑袋,真是不可思议呢!

我的出生年份是昭和四年,即公历1929年。对于那个遥不可及的年代,生活在平成、令和年代的各位读者也许不甚了了。

我们这一代人常被称为"昭和个位数世代"[2],如今九十年过去了,也难怪大家毫无头绪呢。

我简单说一说我们那个年代的情况。

我出生之前六年,也就是1923年9月1日发生了关东大地震。那次地震给日本东京及其周边地区造成了巨大

---

1 戒名:在日本,一般指"死后戒名",葬礼期间家人须请僧人给死者取戒名。

2 昭和个位数世代:出生于昭和元年至昭和九年(1926年12月25日—1934年12月31日)的人群。

的灾难。经此打击，日本的社会经济陷入了不可收拾的混乱局面。而我出生那会儿，受灾地区的重建工作终于有所进展，人们的生活也渐渐恢复了平静。

铁路纵横的街道上，漂亮的百货商店拔地而起。也正是在这个时候，加入了对白和音乐的有声片闪亮登场，由解说员演绎主角魅力的默片退出了历史舞台。

那会儿风平浪静，不也是一个挺好的时代吗？

不过，1929年的秋天，美国纽约华尔街股价暴跌，以此为开端，全球渐渐陷入一片恐慌之中。或许也可以说，那个时候，酝酿着下一场大战的阴云已开始渐渐笼罩了。

与我同年同为11月出生的同龄人中，有两位让我引以为傲的美人。

一位是一跃成了摩纳哥王妃的美女演员格蕾丝·凯利。

另一位是著名编剧兼随笔作家向田邦子。

（不知为何只记得美人，男士一个也想不起来。不好意思。）

特别是向田小姐，同我一样，她所出生的家庭也是工作地频繁变动的"漂泊一族"。她在宇都宫、鹿儿岛、仙台等地辗转长大，作为父母的第一个孩子，被寄予期待之余，还总被要求做榜样。在这些方面，她激起了我的很多共鸣。

最重要的是,我是她的忠实粉丝。这成了我晚年决定去上随笔课的一大原因。

奈何佳人薄命,她在一次空难中香消玉殒。如能与她一起进入鲐背之年,我真想跟她聊上一次。她的随笔,我还想读到更多。

因父亲工作几经调动，小时候搬了四次家

论随笔的水平，我远不及向田小姐，但要比搬家次数，我不会输。

我在出生地札幌只待了两年。

因此，我对那片土地谈不上有什么记忆。

1931年，因父亲工作调动，我们举家迁往下关。

就这样，我从克拉克博士[1]曾勉励过少年们的那座北方城市，来到了本州的最西端。后来过了很久我才知道，下

---

1 威廉·史密斯·克拉克博士（William Smith Clark, 1826—1886）：日本北海道札幌农学校（今为北海道大学）的首任副校长，其在返回美国时，曾对送别的师生们大声说："少年们，要胸怀大志。"

关竟是坛之浦之战中平氏一族被灭的地方。

从坛之浦爬一个缓坡，便来到了一座小山冈。父亲公司的职工住宅就坐落在那里。我在当地的一所幼儿园就读，园内的建筑颇具现代感和时尚感。在那期间，妹妹出生了。

在那儿，我人生中第一次当了哥哥。

一如幼儿园园舍的建筑风格，园内呈现出一种自由、活泼的氛围。在那儿，我度过了一段悠闲的时光。

我满心以为能和大家伙儿升入同一所小学。可就在幼儿园毕业前夕，父亲再一次收到了一纸调令，且事出突然，让我们措手不及。

我甚至来不及跟我的朋友们道声"再见"。

对于银行职员的子女来说，离别总是太匆忙，就像宿命一样。

这一次，我们一家迁往的是九州福冈的久留米。

在那儿，我入读了一所寻常小学[1]。

不过，刚搬到新家没多久，父亲便说了句让我们意想不到的话。

"这房子阴森森的，让人受不了。"

---

[1] 寻常小学：日本明治时期建立的初等普通教育机构。前身为下等小学。

父亲在家中享有绝对的威信。因此,大家便很快张罗第三次搬家。当时母亲正怀有身孕,她默默地将家居用品打包好,这一次距上一次搬家才几周而已。

我们在隔壁小镇安顿下来后,弟弟出生了。

四年级的暑假,父亲又要调职了。那是1939年,这一次,我们搬到了京都。在那儿,家里最小的弟弟出生了。

母亲实在太不容易了。

"元气节",定是母亲感谢孩子们元气满满、平安无恙的节日。

美丽的母亲的教诲

属于工薪族的我所受到的影响来自在银行工作的父亲。

那个时候,绝大多数孩子都怀揣着各种梦想,而我却常把"我想当银行职员"这句话挂在嘴边。

比起玩打仗和武侠题材的动作类游戏以彰显勇猛果敢,我本就偏爱阅读《少年俱乐部》[1]的连载漫画《野良犬黑吉》[2]。从一开始,赛跑之类的运动就不是我擅长的。

重要的是,在我眼里,父亲的背影高大又帅气。

因住在职工宿舍的关系,打我记事起,周围的成年男

---

1 《少年俱乐部》:面向少年读者群体的综合性月刊。
2 《野良犬黑吉》:由漫画家田河水泡创作的讽刺战争的人气漫画。

性便是清一色的银行职员。我曾一度以为这世上所有的父亲都在银行工作。

真想成为像父亲那样的银行职员啊!

与其说我从小就打定了主意,不如说这兴许是父亲的"无言式英才教育"大获成功的结果。

不过,若要论对子女日常教育的贡献,经常不着家的父亲自然要比母亲逊色得多。

因外公是农商务省[1]官员的缘故,我的母亲是在举家迁往外公所任职的宇都宫市后出生的,而后在中国长大。

据说,日俄战争后,外公在旅顺(现大连市的旅顺口区),负责水田建设的工作。

母亲则就读于当地的女子学校。

旅顺的冬天雪窖冰天,夏天意外地漫长。据说旅顺是一个美丽的地方,俄式建筑依然存在。

大正时代[2],外公一家住在一栋带有壁炉和冲水厕所的洋房里,以前曾有俄罗斯人在这里住过。洋装搭配小皮鞋是母亲日常的标准穿搭,好不潇洒!就当时来说,母亲也

---

1 农商务省:日本于1881年设置的负责农林、商工行政的中央政府部门。

2 大正时代:日本大正天皇在位的时期,1912年—1926年。

算是分外耀眼的洋气小姐了吧。

回国后,母亲就读于熊本的女子学校。

后来,母亲曾感慨道:"每次上学都被其他孩子拿皮鞋开玩笑,真讨厌!"

母亲爱好读书,经常研习茶道,在开明的家庭氛围下长大。但唯独结婚这件事,却由不得自己。

从女子学校毕业没多久,就有亲事找上门来。

据说,她和我父亲的婚事,是凭着一张长袖和服照和父母之命定下来的。

从长崎高等商业学校(现长崎大学经济学院)毕业后,父亲就职于关西的一家企业。后来,涩泽荣一创立的第一国立银行(现瑞穗银行)的熊本分行落成,正好被返乡后的父亲赶上,顺利录用,可谓顺风顺水。

因祖父去世得早,所以作为长子,父亲在整整十年间独自撑起了一个家。

如此一来,结婚对他而言似乎成了一种奢望。

终于,一听说父亲已年届三十,实在看不过的同窗便为他买来了姻缘御守。

关于相亲那日的情形,父亲在日记里留下了这么一句:是个美人。

父亲是典型的明治男,固执、嘴笨,但对母亲是一见倾心，这点毫无疑问。

父亲在情感上比较愚钝，每每想到这里，我就仿佛听见了他怦然心动的声音，嘴角便不禁上扬。

很快，亲事便谈妥了。母亲就这样嫁给了父亲。那是1925年，父亲三十岁，母亲十九岁。

父亲，乃熊本藩士[1]的子孙，刚健质朴，早早地就当了家，后来成了一名银行职员。母亲则在家境殷实、具有现代气息的环境下长大，而后嫁给了比自己年长的男人。他们的新婚生活如何，如今已无从得知。不过，我想母亲必然是按照自己的方式来操持一切的，虽干不惯家务，但也竭尽了全力。

在我的记忆里，母亲的厨艺可不赖。

"我回来了。"

当我从学校回到家，在玄关处打招呼时，和服外面穿着白色罩衫的母亲便会从厨房轻轻地探出头来。

"你回来啦，启一。能给我打下手吗？"

我像是就等着母亲的这句话似的，放好书包，便径直朝厨房跑去。

作为给母亲当助手的回报，偶尔尝味道时，我能尝到

---

[1] 熊本藩士：日本江户时代从属于熊本藩的武士的称呼。

难得的厚蛋烧的边角料,还有煮芋头。稍微尝一点儿,我都觉得很美味。

最重要的是,我帮忙的话,母亲会很高兴。

"启一,今天有个大红薯。做什么好呢?"

母亲笑嘻嘻地问我。

"那就煮茶巾绞[1]!"

"好呢,就这么办。那就蒸一下再用纱布绞紧。洗手去吧。"

"好的。"

——就是这么一番场景。

"男子入不得厨房",这在当时是不成文的规矩,所以我这也算是打破常规了。不过,到了曾在旅顺接受过高等教育的母亲这儿,那种旧习根本行不通。

而且,兴许母亲早看透了,相比去玩动作类游戏,我更偏爱看漫画、写文章。因此,去厨房里做那些活儿也挺好的。

我跟母亲学会了拿菜刀的手势,练就了做饭的基本功,其中包括烹调红烧菜配料的方法、绞出圆溜溜的红薯茶巾绞的诀窍、做出蓬松可口的厚蛋烧的秘诀等。

---

1 茶巾绞:一种日式点心。

其中我最拿手的，要数煮豆子。

先把豆子浸在水中一宿，待豆子膨胀到适当的时候，再一点点、一点点地一边添水，一边架在火上煮。一旦弄错这个时间点，就煮不出饱满松软的豆子了。

这道母亲亲传的煮豆子，至今仍是我的拿手菜。

后来，我结婚后，母亲在厨房的教诲对我更是大有裨益。对此，我唯有感恩于心。

说到母亲对我的影响，还有一个，就是母亲爱惜东西的态度。

包括礼物的包装纸、丝带在内，即便是用过的旧日历，她也不会轻易丢弃，而是妥善保管在漂亮的盒子里，连背面也拿来用，不浪费一丝一毫。

此外，母亲还会给心爱的东西起名字，是个颇为风趣的人。

拿眼镜来说，母亲会"征用"去过的眼镜店所在位置的地名，比如"御堂""京极""上野"之类。

"启一，你知道我的'京极'在哪儿吗？"

"这个嘛，会在哪儿呢？"

有时我们会有这样一番对话。

对了，母亲九十岁时配的最后那副眼镜，好像叫作"武藏野"。

作为工作地频繁变动的"漂泊一族",搬家自然就成了家常便饭。

每每会有一些实在带不走,而不得不放手的东西。

我想也正因为此,对那些难以割舍的贵重之物,母亲才会如此留恋,甚至还为它们起了名字。

如此说来,过了许久后,晚年的母亲递给我一些小物件,让我大为惊喜。其中有一沓电影院的传单和电影票。那些是我在京都就读寻常小学时迷恋上并收集来的。

糙纸上,岚宽寿郎、榎本健一、阪东妻三郎和田中绢代等一众闪耀明星的风采呼之欲出。原以为这些孩童时代的宝贝老早就被丢掉了,没想到它们竟安然度过了那些颇为动荡的岁月,被母亲完好地保存了起来。

"因为我想启一会很开心的。"

母亲笑着说,一副恬静而安详的样子。

冰激凌是我第一次尝到的恋爱的味道。

"元气节"的炸虾

不论是做饭,还是操持家务,母亲都摆出一副银行职员家属应有的姿态从容应对。

母亲说:"虽然费时费力,却不费钱。"

她不买昂贵的和服和珠宝,而是乐呵呵地把节约下来的钱花在我们几个身上,并寻了个由头,叫"元气节"。

"今天咱们过'元气节'吧!"

当母亲下达那道我们期盼已久的"懿旨"后,我们兄弟姐妹几个便高兴得连蹦带跳,高声大呼:"哇,太棒了!"那场面好不欢乐。

所谓的"元气节",就是一家人去下馆子的日子。

通常我们都会去位于京都四条乌丸的大丸百货里的一

家餐厅。

在店外,大老远就能闻到一股咖喱饭和炖牛肉的诱人香味。别说小孩子,就连大人闻了都馋得不得了。

走进去后,会发现里面别有一番天地。

四周是白色的墙,天花板上绘了一座优雅的弧形拱桥,仿天鹅绒的餐椅坐起来很舒服。这间餐厅不仅面积大,里面的装潢也十分豪华气派。还记得那时,家人们都会特意打扮一番,个个看起来春风满面。

这家餐厅的西餐格外美味。听说那儿的主厨曾在正宗的西餐厅学过手艺,做出来的每一道菜都美味绝伦。不过,"元气节"我的必点菜品,向来只有炸虾和香瓜果子露。

我很珍惜吃炸虾的机会,连最后一点儿虾尾也不放过。

能像那样被吃得一点儿不剩,虾本身也甚感安慰吧。

如今想来,母亲这么做,是在感谢我们四个孩子没病没灾,节省了大笔医疗费,打算把那部分回馈给我们吧。

"元气节",定是母亲感谢孩子们元气满满、平安无恙的节日。

母亲,就是有如此体贴的一面。

战时的苦难生活

1939年，小学四年级的那个暑假，我们一家人搬到京都后，度过了一段悠闲的时光。不过，渐渐地，过"元气节"的间隔越来越长。因为在时势骤变下，一家人下馆子简直就是痴人说梦。（终于要来临了……）

战争逼近的气息，就连我这个小毛孩儿都感受到了。

两年后，即1941年12月8日，以"珍珠港事件"为导火索的太平洋战争爆发。

1942年，我就读旧制中学[1]的时候，由于正值非常时期，父亲便再没收到过调令。

---

[1] 旧制中学：日本战败前（1945年），以男子为主要对象，于日本本国及部分殖民地所设中等学校。

1944年3月,当时就读于旧制中学二年级的我,决定去京都市内的一家飞机工厂当学徒。

不同于其他大城市,京都的空袭比较少。但那会儿,已然不是"一心只读圣贤书"的时候了。

一开始我被分配到的班级,负责生产飞机的起落架,任务就是用锉刀把切成一定长度的管子的断面给削整齐。

这个操作起来很简单,像我这种手笨的人也很快就得心应手了,但饥肠辘辘、食不果腹是常态。

每天一身臭汗和油渍地结束工作后,我便空着肚子踏上回家的路。那时好不容易才吃上的,也就只有索然无味又干巴巴的豆渣饭了。

即便是在厂里和同学聊天,所有的话题也都离不开食物。

"啊,好想吃巧克力啊!"

"真想大口吃馒头[1],把腮帮子给塞得鼓鼓的。"

"那儿的冰激凌,可真是美味呢!"

有一回,和往常一样,我和班上的同学忙里偷闲,兴高采烈地聊着"想吃什么"的话题。突然,有个人嘟囔道:

---

1 馒头:是一种日式甜点心,常见的是豆沙馅儿的小包子。

"金锷烧[1]，我想吃金锷烧。我最喜欢吃那个了。"

"金锷烧呀，真好。"

同学们听得直咽口水。

虽然有点儿丢脸，但我并不知道金锷烧是什么玩意儿。

除了过"元气节"时，我们家几乎没有铺张浪费过，自然和糕点铺里陈列的那些漂亮点心无缘。

金锷烧究竟是什么样子的？到底有多美味？

我总觉得很不甘心。好！我下定决心，等战争结束后，我要吃个痛快！

但是，在那之前，我隐约有种不祥的预感，说不定有一天我就得奔赴战场。

因为已经有一批只比我大几岁的学徒被动员前往战场了。

1945年8月15日，老师通知有重要广播，临时决定让大家中午到中学操场集合。

那一天，阳光炙热地烤着大地。

"终于要在日本开战了吗？"

"完了，要完蛋了。"

我们被要求站在操场上，脖子都等长了。其间，我们

---

[1] 金锷烧：日式糕点的一种。

压低声音,互相说着悄悄话。

　　终于,眼前的广播开始发出沙沙的声响,音质不是很稳定。与此同时,耳边传来的好像是男性的嗓音。

　　"……忍人之所……忍、忍人之所难忍……忍。"

　　我一动不动地仔细听着,但杂音太大听不清楚。

　　我抬头看了看天空,天很蓝。

　　即便是战争结束后的今天,我回想起那日蓝得令人心醉的天空,仿佛还历历在目。

继承父亲衣钵,成为一名银行职员

我升入中学五年级[1]后,终于有能够静下心来学习的氛围了。然后我顺利毕业了。

家里出现了新的情况:父亲从银行退休了。

作为银行的一线员工,父亲勇敢地克服恐慌情绪,挺过了艰辛的战争岁月。我对他的敬仰之情至今如初。

在金融界里摸爬滚打的父亲,日日面对的都是一场没有硝烟的战争。

现在已经没有理由留在京都了,所以我们一家人回到了故乡熊本。

---

1 五年级:日本明治时期的寻常中学采取五年制。

那是时隔八年的一次搬家。

当我升入大分经济专门学院（现大分大学经济学院）后，每日放学回到宿舍，我都在埋头苦读。毕业后，在1950年4月，我继承了父亲的衣钵，入职了第一银行。

小时候，我十分向往银行人的生活。如今，我终于如愿以偿。

东京的研修结束后，久留米分行成了我的第一个任职地。

在提供食宿的公寓里，我第一次一个人住。这是我步入社会的第一年。

刚开始我被分配到了出纳科。虽然出纳科不如窗口业务惹人关注，但却是管理行内所有现金的重要部门。

在出纳科，我掌握了快速准确点钞的本领。

一种是竖执钞法，点钞时发出沙沙声，最后以啪的一声收尾；还有一种是横执钞法，将一沓纸钞捻成扇面状，然后打起精神点数钞票。若你两种方法都能完美掌握，方能被视为可独当一面。

如愿成为一名银行职员，让我喜不自胜，练习起来自然干劲十足。我自认这两种技巧都挺擅长。

接受了为期约三个月的基础训练后，我被调去当了汇兑员。

工作涉及汇款业务和票据的制作。因为我是新人，所以什么业务都必须有所涉猎。

工作中哪怕搞错了一日元，都会遭到严厉的批评，甚至都不能回家。

每天都过得很辛苦，但我却甘之如饴。

人生第一个发薪日，也挺难忘的。

领到工资袋后，我有最先想买的东西。

那就是西服收纳柜。

没错，就是打开柜门，内侧带有镜子的那种。把刚上身过的崭新西服挂进去，再往上放一条领带，这颇有成熟男人的味道，不是吗？我一直想这么干来着。

而这，很大程度上是因为父亲西装笔挺的模样对我潜移默化的影响吧。

我事先多次到镇上的家具店考察过，有了看中的款式后，我便攥着人生第一份工资直奔那里。

心心念念地想要的收纳柜来到寄宿处的那天，我心中那份纯粹的感动，至今依稀可感。

"你总算来了，西服收纳柜。从今天起，要帮我守护好西服哦。"

闪闪发亮的西服收纳柜在简陋的寄宿处，释放出耀眼的光彩，凸显着它强烈的存在感。

后来，我又存了一些钱，入手了对其渴望程度可媲美对西服收纳柜渴望程度的东西。

是电动留声机。

我的青春岁月是在动荡年代度过的。那个时候，物资和娱乐极度匮乏。也许正是因为这个缘故，对美妙的音乐，我如饥似渴，无论如何也想要拥有。

有了留声机，广播和唱片都能听。物质有了，精神食粮也有了，我颇有鱼与熊掌兼得的快感。

那是我哪怕过得再拮据也要入手的留声机，第一次放的唱片是舒伯特的第八交响曲《未完成》。

曲如其名，这是一首气势恢宏的古典曲目。老实说，我没太听懂。不过，也许是因为我对高雅音乐有着一份独特的情怀吧。

我正是"未完成"本身，而留声机为我带来了意想不到的命定之人。

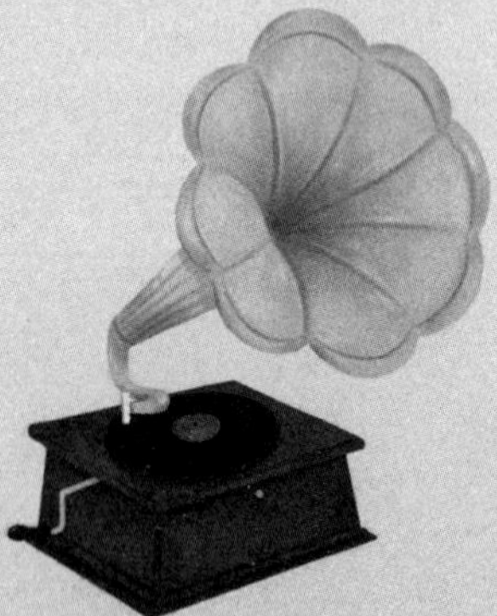

第二章 与爱妻和子的邂逅

对我们家来说，和子是太阳般的存在。

久留米分行邂逅命定之人

"打扰了。"

"我这地方有点儿小,你快请进。"

——也许我们有过这么一番对话。

那是某个星期日的晌午时分。那时我已在久留米分行干了一段时间。

我的寄宿处第一次有了妙龄女子光顾。

清秀的衬衫,搭配一条轻盈的齐膝裙,这身装扮很适合她!还有,她很爱笑。那张脸笑起来很是可爱,眼睛里透着一股惹人喜爱的劲儿。

她的名字叫作蒲原和子。

她是我在久留米分行的前辈,比我要早三年入行。

虽说是前辈，可她才十九岁，比我小两岁。

她出生于1931年2月20日，比我低一个年级，但从久留米高等女子学校毕业后，1947年就入职银行了。所以，对三年后才入行的我而言，也算是前辈了。

她仔细端详着与简陋的房间格格不入的高档西服收纳柜和闪着崭新亮光的留声机，啧啧称赞道："真是漂亮！"

而此刻的我，既害羞又有点儿得意。我取出唱片，将留声机的唱针放了下来。舒伯特的那首《未完成》就像是等着这一刻似的，浑厚深沉的音色瞬间从扬声器中倾泻而出。

怎么样，我的留声机，不赖吧？

她闭上眼睛认真倾听时的侧颜，和在单位处于紧绷状态时不同，感觉柔和了许多。

当时我的心里咯噔了一下，将视线移开后，餐桌上一个带有草莓图案的小袋子映入了我的眼帘。

"这是礼物。"刚才她递给我的小袋子里，有五六颗裹着可爱包装纸的糖果。

没错，正是她，后来成了我今生最爱之人。

不过，我俩并非自这一天这一刻起就确定了恋爱关系。

和子是在单位听说我入手了当时比较稀罕的留声机后，抱着"能听上一次"的心情前来拜访我的。仅此而已。

诚然,我们应该都不讨厌对方。

至少,我是这样的。

和子给我的第一印象是十分明媚。

不管去哪里,她的笑声总是不绝于耳。有她在的地方,就有人群,就有许多笑脸。

毫无疑问,我对她有好感。

只不过,我入职银行时日尚短,对各项工作的学习让我无暇顾及其他。我也还没产生那种要一辈子和这个人在一起的冲动。

尽管如此,凭着打肿脸充胖子购入的那台留声机,我与喜好音乐的和子之间的距离确实有所拉近。

人们常说,当一个人邂逅恋人或婚姻中的另一半时,内心会发出哔哔哔的提示信号。不知各位的情况如何呢。

是某一天突然就顿悟了:啊!就是她／他?

抑或是,全然无感?

好像还有这类情况:总感觉那人很讨厌,却又很在意。

我呢,是内心的哔哔哔信号慢了一拍。

说来那已经是三年半后,我从久留米调往东京本乡分行之后的事了。

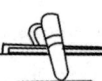

作为夫妻,我们曾因鸡毛蒜皮的小事吵过几次架,但和子从未因我回家太晚而责怪过我。在孩子们跟前,她也给足了我面子。

单身宿舍的情窦初开夜

当时，我住在世田谷区驹泽的单身宿舍里。

对工薪族而言，从本乡到驹泽的这段路，到处充满了灯红酒绿的诱惑。

下班后，我通常会和宿舍的同伴或者同事一起去喝上一杯。夜里，我们一伙人经常流连于新宿、涩谷、银座等地。

银座有家低薪族也去得起的 TORISU 酒吧，我们基本上是去往那里。还有就是新宿西口的"回忆横丁[1]"。涩谷的话，自然是既经济实惠又玩得尽兴的"恋文横丁"了。差不多就这三处。

---

1 横丁：在日语里是胡同、小巷的意思，通常聚集着许多小居酒屋。

有一天，和往常一样，我跟某个聊得来的同伴一阵闲聊后，拖着醉醺醺的身子返回了宿舍。

在我不远千里从久留米带过来的那台宝贝留声机上，我把唱针放下了。因为正值深夜，所以我调低了音量。

那时我躺在榻榻米上，一边沉浸在《未完成》的音乐里，一边望着天花板。那一刻，我的脑海里不经意间浮现出了一张面孔。

是和子。我闭上眼睛，有几分陶醉。

是那时在我房间里听《未完成》听得入神的那个她？

不，不是的。是在汤布院听那首 Some Sunday Morning 的那个她！

回过神来的我，内心突然袭来一阵猛烈的嫉妒之火和强烈的焦躁感。

之前在久留米时，单位的青年男性部和青年女性部曾去过汤布院，并在那里留宿一宿。

搞不好，那是一次有目的的活动。一来，行里的领导们欲将当时盛行的自由之风带到行里，以活跃组织气氛；二来，虽为时尚早，但单身的男员工都想在行里觅得如意娇妻。

当然，从我们年轻男员工的角度来看，领导们的意图我们自然无从得知。即便是知道了，也抑制不了紧张兴奋的情绪。毕竟和适婚异性去旅行，是多么求之不得的事情啊！

因为是夜里举办的宴会，再加上酒的作用，现场的气氛很是热烈。

在宴会的高潮时刻，某位男同事（就当是山本君吧）自告奋勇地演唱了 *Some Sunday Morning*。这首歌经雾岛升和小川静江二重唱演绎后，曾风靡一时。

那是一副清脆悦耳的歌喉，而且英文部分的发音很地道。最重要的是，他唱起情歌来丝毫不拘谨。

我事先并不知道，山本居然还有这种特长。

我不经意间往和子那边瞥了一眼。那时她正闭着眼睛，听得入迷，看似心情愉快的样子。

我隐约感觉到山本君朝她看了一眼。

我的内心突然觉得好空虚。

我不清楚这种心情到底是怎么回事。于是，整个人都烦躁起来了。

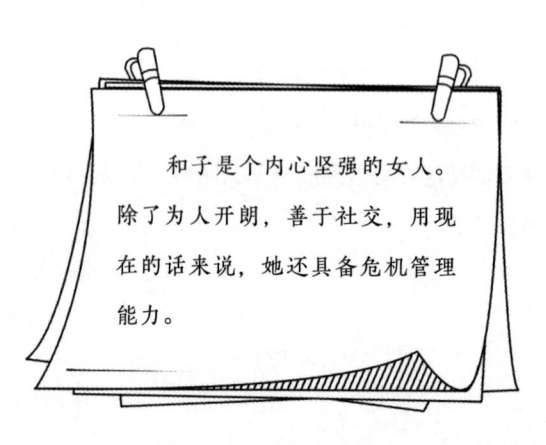

和子是个内心坚强的女人。除了为人开朗，善于社交，用现在的话来说，她还具备危机管理能力。

猝不及防的火热情书

浮现在单身宿舍天花板上的和子的模样，非但没有消失，反而越发鲜明了。

再这样下去，山本可能会向和子提出交往。

不，就算他已经提了也不奇怪。

不、不，也许他俩已经开始交往了？

我到现在为止，到底都干了些什么？我可是在她旁边待了整整三年半呢。

可结果，我却稀里糊涂地来到了东京……

我猛地站了起来。

这样可不行。我必须尽快采取行动。

不过，说是采取行动，可具体该怎么做？我连她的联系方式都没有。

啊，如何是好？

我焦躁不安，脑子里一片混乱。再这样磨蹭下去，和子就要变成山本和子了。我决不允许那种事情发生。再这样下去，我会后悔一辈子。

对了，写信吧。

用信传达心意！

于是，我立刻伏案奋笔疾书，冷不丁写下这么一句："我爱你。请和我结婚。"

我将满腔火热的爱慕之情倾注到一纸书信中，然后以久留米分行代为转交的方式，投递出去。

这关乎我一辈子一次的恋爱成败。

"什么……这是？"

那封信投递到和子的工作单位后，面对后辈突如其来的火热情书，她被吓得慌了神。

她做出那种反应也是人之常情。很久以前自己为了听留声机而一度拜访过的男同事，如今明明已远赴东京工作了，竟给自己寄来了这般露骨的求婚信，不吃惊才怪。

这让和子六神无主。

于是，她去找熟悉我的直属上司商量此事。

"我收到了河崎先生寄来的求婚信，想请教一下，该怎么办呢？"

"是河崎君吗？嗯，我觉得他还不错。"

上司虽然对我出人意料的行为有些不知所措，但还是为我说了不少好话。对他的帮助，我至今铭记在心。

不过，从和子当时的表情来看，也许上司察觉到了她对我有好感，也不枉我们曾一起听过留声机。如果是自己讨厌的男人，郑重拒绝就完事了嘛。

打那以后，上司就成了我的一大帮手。

"河崎君，你老家的父母亲知道你和蒲原小姐的婚事吧？"

上司打电话到单身宿舍来，我诚惶诚恐地回了一句："没有，我还没说。"

"你说什么？得先跟他们报备才行。"

"好的……我会尽快。"

"你的老家好像是熊本吧？跟父母汇报后，就来趟久留米，跟对方的父母见上一面。最重要的是，还得问问蒲原小姐的意思。"

我一边怯生生地回答，一边心神不定，心想：得赶紧去买前往九州的夜间火车票。

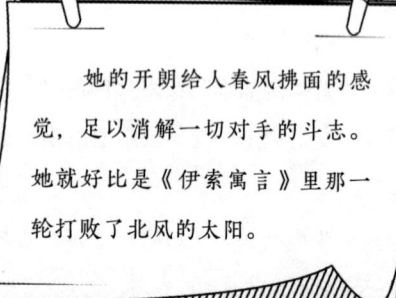

她的开朗给人春风拂面的感觉,足以消解一切对手的斗志。她就好比是《伊索寓言》里那一轮打败了北风的太阳。

零次约会，直接提出结婚

我连忙请假，飞去了九州。

我把自己向前同事和子求婚一事，向熊本的双亲和盘托出，获得应允后，便换乘火车，前往久留米。

在车上，我的心仍扑通扑通跳个不停，紧张极了。

要知道，我们可是连手都没牵过，也从未正式约会过的。可现在，我们却马上要谈婚论嫁了。

据说和子的父亲是军人。

不难想象，那必定是雷厉风行、魄力十足的人物。

"请您把女儿许配给我。"

该不会我这边话音刚落，他就嗖地一下拔出军刀，疾言厉色道"像你这般软弱的男人，我怎会将宝贝女儿交给你",然后决绝地将我赶出去了吧?可怕,果然很可怕。

但是,火车像是知晓了我的懦弱一般,仍带着我马不停蹄地朝着目的地驶去。

当我回过神来的时候,我已经到了她在久留米的老家,正在与她的父母和她围坐在一起共进午餐了。

寒暄几句。

"先来一盅。"

气质威严、身躯伟岸的父亲大人,拿起酒壶向我劝起酒来。

"遵命,那么我开动了。"

我正襟危坐,一副管他三七二十一,干了就是的样子,迅速地干了那杯酒。

"我回敬您一杯。"

我诚惶诚恐地拿起酒壶向父亲大人敬酒。他一边凝视着我,一边举起酒杯。

我很害怕。

父亲大人爽快地干了那杯酒,然后再次将我的杯子倒满。

"谢谢您。"

也许是第一杯酒缓解了一点儿紧张的情绪,这次,我慢慢地干掉了杯子里的酒。

和子和母亲大人则在一旁，用略微惊恐的眼神看着我们。

就在这时，除了几次酒桌上的应答，此前几乎沉默不语的父亲大人从容不迫地开了尊口："你挺能喝呀！"

他那张威严的脸稍微放松了些。

这是表示满意的信号。

和子是三姐妹中的小妹。大姐出嫁了，二姐招了上门女婿。

不过，上面两位姐姐的夫婿都不胜酒力。

据说，父亲大人看着什么酒都不惧的我时，内心一阵欣喜："终于来了个能陪我喝酒的女婿。"

俗话说"技多不压身"，而我的情况似乎是酒帮了我大忙。

午餐在和谐的气氛中结束了。而后，我终于与和子在另一个房间单独说上了话。

实际上，也许那次就算是相亲。

都算不得初次见面了，说是相亲就太奇怪了。我们真的对对方几乎一无所知。

好不容易大老远从东京过来，又是久违的重逢，我却兴奋得说不出话来。至于后来都说了些什么，我也全然不记得了。

依稀记得和子好像穿了件很优雅的连衣裙，不过这个记忆也很模糊。

但我还记得，那天的她实在美得令人心醉。

很快，返回东京的夜间火车快到发车时间了。

"今天承蒙款待，非常感谢。"

父亲大人轻轻地举起右手，以此回应在玄关处深深地低头致意的我，然后朝和子打了声招呼："和子，把河崎君送到车站吧。"

那是"合格"的意思。

冰激凌是恋爱的味道

去久留米站的路上,我们第一次并肩行走着。

实际上,这算是第一次约会吧。

没多远的一段距离,却愣是花了二三十分钟。我们不紧不慢地晃悠着。

我还不想离开。

如果可以的话,我想直接带她回东京。

和子肯定也已经不把我当外人了。

即便还没到喜欢的程度,我也知足了。

只可惜,久留米站,这就到了。

距夜间火车发车还有一段时间。

只有小卖部的灯发出了微弱的光。

这种时候，说点儿什么好呢？

不善言辞的我顿时不知所措。

"喂，要不要吃冰激凌？"

突然，和子抬高嗓音说。

得救了！

"嗯……好啊！"

于是，我立刻去小卖部买了两个冰激凌，我俩一人一个。

5月的风带着绿色的气息拂过。我俩倚在枕木做的栅栏上，并排大口吃着冰激凌。

冰激凌甜甜的、凉丝丝的，只可惜很快就会融化掉。

吃的时候，我小心翼翼，尽量不让手指搞得黏糊糊的。吃完时，发车时间快要到了。

"再见。"

"那么，再见咯。"

话语虽短，但离别之际，我与和子之间产生了前所未有的亲密感。

冰激凌是我第一次尝到的恋爱的味道。

终成眷属！新婚旅行去了阿苏[1]

1956 年 11 月 4 日。

经过两年多的异地交往，我终于与和子喜结连理。

那年，我二十七岁，和子二十五岁。

当时，留着慎太郎式发型的"太阳族"[2]在街头阔步横行，整个日本到处洋溢着青春的活力。

在我的老家熊本市的藤崎八幡宫，我们举行了庄严的婚礼。

---

1 阿苏：阿苏山，日本著名的活火山。位于九州岛熊本县东北部。
2 太阳族："太阳族"的出现缘于日本作家石原慎太郎的小说《太阳的季节》。"太阳族"的特点是反对一切刻板的传统，追求时髦、刺激和享受，感情冷漠，不负责任。

身着白无垢[1]，梳着文金高岛田发型[2]的和子，很漂亮。就连她那蒙头布[3]左右高度存在着微妙的差异这一点，在我看来，都是那般可爱动人。我的心跳得厉害。

我穿的是男士晨礼服。因为平时是西装笔挺的银行职员，所以觉得穿西装比较合适。

行"三三九度"[4]之礼，缔结白首之约后，就是婚宴了。

虽然只是一场小小的宴会，但得到两家亲属和银行上司、同事们的祝福，我们感到很幸福。

宴会结束后，在大家的目送下，我俩踏上了蜜月之旅。

来接我们的，居然是一辆体形庞大的美国车，是别克！而且还是辆让人大跌眼镜的过时款。

换了身装束的和子，身着茶色套装，戴着蕾丝手套，拎着手提包。我俩一起钻进车里，奔赴阿苏。接下来，又是一路的颠簸……

哪怕是这种回忆，也很是美好。

---

1 白无垢：和服的一种，在日本的婚礼上新娘穿的礼服（婚服）。

2 文金高岛田发型：日本和式婚礼中的一种发型。

3 蒙头布：日本婚礼时穿和服的新娘的盖头布。

4 三三九度：日本传统婚礼中的交杯换盏仪式。新郎、新娘用三只酒杯交换，每只酒杯交换三次，共九次。

新婚之夜过去了。天亮了，我俩在高原上漫步。

当秋风拂过时，漫山遍野的狗尾草的银白色花穗便一起随风飘荡。

"好漂亮……"

和子喃喃自语道。

不知不觉中，一首德国民谣《明媚的春天啊》的旋律从我的唇齿间滑了出来。

当我回过神来的时候，我俩已经齐声唱了起来。

那是一种摆脱漫长的严冬后，对迎来绿意萌动的春天的喜悦。

今后，我与和子的眼前会展现出怎样一番景象呢？

虽然已进入秋天，但新婚宴尔的夫妻，心情却有如春光般明媚。

我们齐声高唱着。

峰峦绵亘的阿苏，雄伟而又壮观。

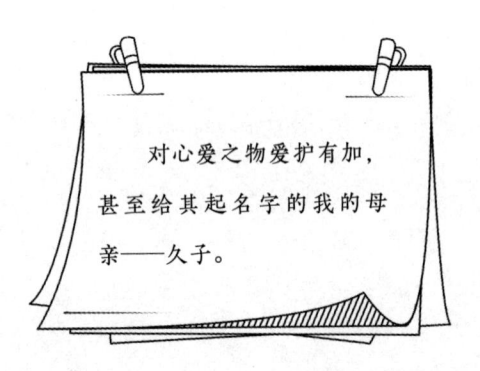

对心爱之物爱护有加，甚至给其起名字的我的母亲——久子。

以目黑的两间"四叠半"[1]和一架钢琴，开启新婚生活

度蜜月回来没多久，和子就辞掉了银行的工作，成了专职主妇。我俩的新婚生活就此开启。

新家是位于东京都目黑区的职工住宅。

虽说毗邻高级住宅区，但职工住宅却非常简陋。

两间四叠半，加上公用厨房和公用卫生间。当然了，没有澡盆，只能去公共浴池。

我们带到职工住宅的有西式收纳柜、和式收纳柜、碗

---

[1] 四叠半：即四张半榻榻米大小的房间。在日本，典型房间的面积是用榻榻米的块数来计算的，四张半相当于7.29平方米。

柜、三面镜、缝纫机、风琴,还有值得回忆的留声机。对了,还有一件重要的东西。

那就是结婚时收到的一件贺礼——闹钟。

新的一天,在一首苏格兰民谣《安妮·萝莉》的甜美旋律中拉开了序幕。

这首曲子蕴藏了身份卑微的男子爱上贵族女孩儿安妮后内心的那种哀伤,我与和子都很喜欢。

清晨,阳光从窗帘的缝隙中照射进来,耳边一如既往地响起了那首《安妮·萝莉》。

也不知是谁先动的手,啪的一声,闹钟被按掉了。

"早上好。"

"早上好。"

我俩相视而笑。

新手夫妇"一地鸡毛"的婚后生活就此拉开序幕。该启程了。

一开始,我们连张饭桌都没有。和子亲手做的饭都是在榻榻米上摆上托盘后,再放在那上面。

尽管如此,能吃上现煮的白米饭和热气腾腾的味噌汤,我就很高兴了。我觉得那比任何珍馐都要美味。

更让我高兴的是，和子开始改口叫我"启一桑[1]"，而不是"河崎桑"了。

我也不再像以前那样，见外地称呼她"和子桑"，而是试着唤她"和子"。

一开始我有些难为情。

我花了好些时间，才能让"和子，请再给我来一碗"之类的话脱口而出。

也许是我自以为是。我觉得结婚后，妻子是爱上了我吧。

不，一定是这样的。我决定这么想。

我也一样。婚后，我对她的爱慕之情越发不可收。

啊，和子。你是不是庆幸没跟那个唱 *Some Sunday Morning* 的山本君在一起？

我没说出声，而是悄悄在心里嘀咕着，然后啜了一口味噌汤。

一直在榻榻米上吃饭实在是不太方便。

后来，我们用工资陆续置办了饭桌和新的锅具……就这样，两间四叠半的空间里，家具什物渐渐多了起来。

接着，更大件的来了。

---

[1] 桑：日语里对他人的一种称呼，比较正式。

"我好想要一架钢琴啊！"

有一天，和子不经意间说的一句话，让我大为错愕。

我总觉得是因她去东京的姐姐家玩儿时，看到了一架立式钢琴的缘故。那是国产的福山钢琴。

"我很早就想要了。一架福山钢琴。不行吗？"

不行吗？这个嘛……

要知道，两个四叠半的房间里，东西多得都快溢到门外了。都已经这样了，还想搞架钢琴来凑热闹？

连个澡盆都没有，却心心念念地想要一架钢琴？

况且，当时我的月薪只有一万多日元。一架钢琴就抵我好几个月的工资，怎么想都觉得勉强。

但是无论如何，我都想要实现和子的愿望。

对了，按月分期付款就行了。最近不是有如此便捷的方式吗？

我带和子前往神田的福山琴行，让她选一架自己中意的钢琴，然后申请了每月两千日元的分期付款。

几天后，一架刻有玫瑰花图案，甚是气派的钢琴来到了我们家。

这架钢琴真的好大。

"太棒了！"

和子纯真无邪的欢乐笑脸，倒映在漆黑油亮的琴面上。

"难得有机会,来弹钢琴吧。"

因为善于社交的和子的一句话,休息日,几个爱好音乐的同事就会聚到我家来。在狭小的空间里,大家紧挨着身子,开了一场即席音乐会。

老实说,和子的钢琴水平很不错。

但令我们眼前一亮的是一位自小就学习钢琴的同事。

他用充满力量的指法热情洋溢地演奏着贝多芬的曲目。弹奏时,他用手指在琴键上砰砰地敲击着。听,是令人毛骨悚然的最强音。紧接着,到高潮部分了!

——就在这时,咣当一声,一盆水朝窗户泼了过来。

"吵死了!适可而止吧!"是住隔壁的人。

"泼冷水"说的就是这么一回事吧……

这么说可能很对不住邻居。

我们一边苦笑着,一边轻轻地合上了钢琴盖。

这架钢琴叱咤吾家近三十年。

虽然是打肿脸充胖子以分期付款的方式入手的,但我认为是值得的。因为有了这架钢琴,我才能在仅容旋马的屋子里,同和子更加亲密无间地生活。无论是肉体上,还是精神上。

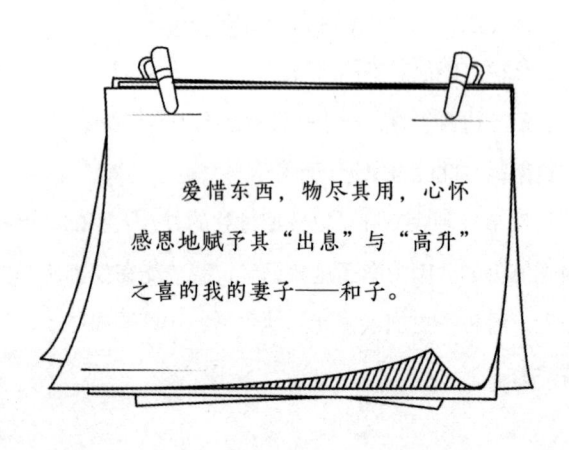

爱惜东西，物尽其用，心怀感恩地赋予其"出息"与"高升"之喜的我的妻子——和子。

翘首以盼的长女，还有儿子出生了

次年，也就是1957年9月。

妻子住进了青山的产科医院。

这是她头一回生产。

下班后，我便马不停蹄地往病房跑，心里想着"就是今天了"，只见病房的门上挂着"阵痛中"的红色指示牌。但一次又一次，让我有种扑空的感觉。

已经超过预产期十三天了。

再这样下去，孩子会长太大的。正当我和医生商量对策的时候，妻子阵痛的间隔突然变短。

"痛，好痛！啊，啊啊——！"

和子揪着枕头，痛苦地呻吟着。头发凌乱的她，喉咙深处挤出一阵逐渐高亢的声音。真是可怜，我看不下去了。

和子和孩子没事吧？

神啊，求你了。请保佑我的妻儿。

这种时候，男人只有惊慌失措的份儿。

护士察觉到情况紧急。接着，和子就被他们用担架抬进了产房。

我一个人坐在走廊的长椅上焦急地等待着。

感觉每一分钟都像是永远那般漫长。

（啊！！）

听到了。

我确实听到了，是响亮的婴儿啼哭声！

是个女孩儿。

那是婚后的第三百一十三天，也就是婚后第二年的 9 月 13 日。

"和子，你辛苦了。"

我向完成了一件人生大事后静静入睡的妻子打了声招呼，然后蹑手蹑脚地走出了房间。

走廊上一个人影都没有。我在一张长椅上伸直身体躺了下来。

秋夜已深。

我一边渐渐被睡意支配，一边想着得给苦等长孙出生的熊本双亲报个信。

发电报吗？要打什么字？

对了，"秋实"[1]怎么样？

我心里琢磨着这些事情。

又一年过去了。1958年11月24日，儿子出生了。就这样，我们成了四口之家。

那会儿，耸入云霄的东京塔亮相于世；日本诞生了第一位来自民间的皇太子妃；呼啦圈潮流席卷街头；我们家也变得热闹起来。

对我们来说，目黑的职工住宅犹如弹丸之地。

要知道，在四叠半正中间仅剩的一点儿空间里，我们四个是呈"川"字状睡觉的。不，与其说是"川"字，不如说是九州的"州"字吧。正当我们的忍耐差不多要到达极限时，丰岛区池袋五丁目的职工住宅正好空了出来。于是，我们便乐呵呵地搬了过去。

这回的住处有三个房间，还有厨房，但还是没有澡盆。

为了洗澡，我跟和子天天推着婴儿车带着俩孩子和洗脸盆前往公共浴池。

洗完澡，在门口会合后，我们一家四口便动身回家。

---

1 秋实：孩子的名字。

通常，回家路上我们都会吃根冰棒解解馋。

那时候虽然没什么钱，但还年轻，每天都过得很快乐。

和子是正经的前银行职员。

所以，我还想说她善于安排家计来着……但说实话，她在那方面不太灵光。虽然她努力地记录着家庭收支，但在发工资前，经费常常会有点儿不够用。

"抱歉！就一点点，请给予资金支持。"

她向我求援道。

真拿她没辙，我无奈地打开钱包。

但是，妻子豁达开朗又爱笑的性格感染了我。渐渐地，我觉得什么都不是事儿了。对我们家来说，和子是太阳般的存在。

和子对我的称呼从"启一桑"变成"孩子爸"，也是在这个时候。

那会儿，全球经济进入了高速增长期。

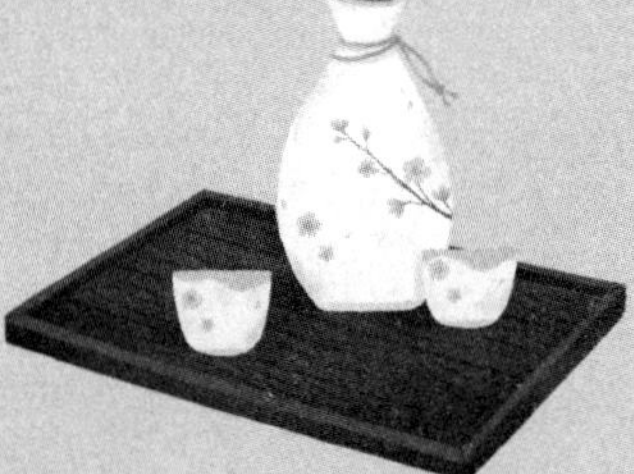

第三章

水深火热的银行工作,以及妻子的奋战

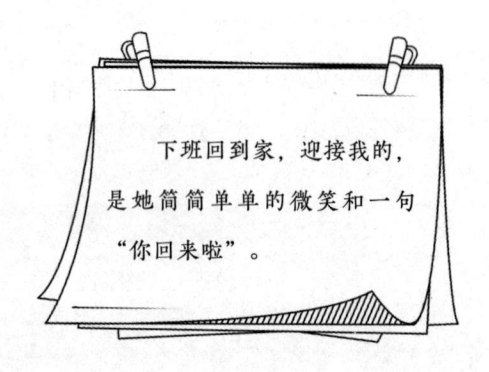

下班回到家,迎接我的,是她简简单单的微笑和一句"你回来啦"。

受命担任融资专员

1960年，入行十余年的我在京桥分行被任命为融资专员。

那会儿，安保斗争[1]正开展得如火如荼。加班时，游行队伍煞有介事地从单位门前经过的情景也是司空见惯了。

融资专员，专门负责为客户人生中买房和汽车等大宗消费，以及企业的经营提供资金支持。平时的工作就是跟客户打交道，张口闭口离不开一个"钱"字。

而支持客户决定的同时，还必须冷静客观地评估融资

---

1 安保斗争：日本民众因反对修改《日美安全保障条约》而开展的大规模反战群众运动。

风险。比如说,贷款额度合适吗?客户能按期还款吗?

这项工作颇具挑战性,不仅对法律知识和协调能力要求很高,有时还考验身为银行人的某种直觉。

那段时间,我每天一大早出门上班,晚上早的话,也八九点才收工。搭末班电车回家也是习以为常的事。

一年下来,我们一家人围坐在一起,吃一顿和子亲手做的饭菜的次数,掰掰手指头就数得过来。

努力工作，拼命玩！代价是冷落了家人

坦白地说，也不是每天都有干不完的活儿。

有时候本可以早点儿回家的，可我却按捺不住内心的躁动，老想找个地方消遣一番。

下了班有人约我，我心中便不可遏制地雀跃起来。不管是上居酒屋喝酒，还是搓麻将、打保龄球，我都满口答应，奉陪到底。我还忙里偷闲学会了打高尔夫，只可惜始终没能突破一百杆。

也许是我下意识地想避免将工作中的负面情绪带到家里去。要知道，从事融资工作，往往要面对很多残酷的局面。

——而这些，对不起，不过是借口罢了。

深夜回到家，只见餐桌上亮着一盏小小的灯，桌上孤零零地摆放着给我留的炸鸡块和沙拉什么的，还用餐桌罩罩起来了。

而和子和孩子们都已经睡着了。

我心里觉得很愧疚，发誓明天一定早点儿回家。

可下班后，我却管不住自己，老想喝上一杯。酒难戒啊！

我让和子受了很多的苦。

作为夫妻，我们曾因鸡毛蒜皮的小事吵过几次架，但和子从未因我回家太晚而责怪过我。

在孩子们跟前，她也给足了我面子。"爸爸工作很辛苦哦。要感谢爸爸才行。"

该说感谢的人是我才对。

要是当初多向她说几句"谢谢"，道几声"辛苦了"，该有多好。

唯独这点，让我悔之晚矣。

大概是和子太过于迁就我了吧。

妻子打出了一场漂亮的持久战

和子是个内心坚强的女人。

除了为人开朗，善于社交，用现在的话来说，她还具备危机管理能力。每次出现突发状况，她都表现出超强的应变与危机处理能力。

对银行职员来说，调职无异于晴天霹雳，根本避无可避。

人事任命通知往往来得让人毫无防备。

一旦下来了，就必须在规定的期限内，举家奔赴下一个任职地。

更有甚者，当成为某个级别的管理人员后，一旦接到人事任命通知，工作上就必须做到无缝衔接。而这执行起来相当麻烦，我得立马赶赴异地，交接完工作后再匆忙赶回来。

有一次，我接到了从东京三之轮分行调往大阪心斋桥分行的调令。

不管手头上有多么棘手的工作，不论身体怎么不适，都无关紧要。

我风驰电掣般地赶到心斋桥，住在类似于宿舍的地方，进行了为期四五天的工作交接。现实就是，一接到人事任命通知，就得火速地切换职场身份。

而面对突发状况时，和子遇事不慌，展现出异常强大的心理素质。这点让我心悦诚服。

"这次被调到了心斋桥分行。"

我对和子说道。

听到这句话，她轻声应道："好的，我知道了。"

她脸上没有半点儿慌张的神色。

只消三言两语，她便能明白整个状况。心有灵犀，说的正是如此吧。

而后，一转眼的工夫，她已开足马力，着手张罗一切。

这边刚联系学校给孩子们办转学，那边就得在新的任职地找好学校，并迅速办好入学手续。

这边联系好搬家公司来报价，那边就得抓紧备好纸箱打包行李。

此外还得结算水电、煤气、报纸的费用；去当地官厅办理迁出登记；向上司和同事的太太们道别；安抚不愿转学的孩子们，并注意尽量不给他们幼小的心灵造成负担；张罗家人的一日三餐；洗衣服；等等。事情真是堆积如山。

但她只用将近一周的时间，就将这些没完没了的繁杂琐事搞定了。论能干，她可比那些当红明星的经纪人还要厉害几分。而我只要把事情交给和子，就万事大吉了。

赴任之后，我这边又是忙单位的迎新会，又是忙接待重要客户。挺长一段时间内，我都忙活到凌晨才回家。

和子内心再坚强，到了一个人生地不熟的地方，肯定也曾有过彷徨和不安吧。孩子们就更不用说了。

然而，和子从未发过牢骚。

相反地，不知不觉中，她就让新生活步入了正轨。

她顶着一张看似已居大阪多年的轻松笑脸，把孩子们送到学校。和职工住宅里的太太们交往起来，她也是谨慎得体。

TBS台的电视剧《半泽直树》里也提到了，职工住宅里的太太们的人际关系实在是一门很深的学问。

现实中，说不定真有电视剧里出现的那种刻薄的前辈太太。

但和子总是一脸云淡风轻,看似一副乐在其中的样子。

她的开朗给人春风拂面的感觉,足以消解一切对手的斗志。她就好比是《伊索寓言》里那一轮打败了北风的太阳。

吾妻,干得漂亮!

之后,从大阪调往广岛,再从广岛调往东京。类似的工作调动重复了三次,但和子张罗起来却滴水不漏,越发得心应手。

时至今日,我仍甚感钦佩。

她真是我的贤内助。

对和子灌的迷汤毫无招架之力

各位知道昭和时代的"三大神器"吗?

当然,这说的不是皇室家族世代相传的那三大神器[1],而是指家电。

20世纪50年代的"三大神器"是黑白电视机、洗衣机、冰箱。

进入60年代后,被称为"新三大神器"的彩色电视机、空调、小轿车引领了一股新的消费浪潮。

其中,彩色电视机更是从1964年东京奥运会召开那

---

[1] 三大神器:据说是天孙降临时,天照大神授予琼琼杵尊并由日本皇室代代继承的宝物,分别是天丛云剑、八尺琼勾玉、八咫镜。

会儿，便普及开来。

话说那次东京奥运会，我还抽中了水球比赛的入场门票。

本来一直很期待去现场观看比赛的。可就在同一时间，我身在熊本的父亲过世了，享年六十九岁。

不管是作为男人，还是作为银行前辈，父亲都是我最敬重的人。经此打击，我的身心都陷入了低谷，哪儿还能像个没事人一样去观赏奥运赛事？入场门票就这么打水漂儿了。

今年——2020年，东京时隔五十六年将再次举办奥运会。

真想跟和子一起观看比赛啊！

话题扯得有点儿远了。

对了，刚刚提到"新三大神器"，取其各自英文的首字母"C"，人称"3C"。

那时，和子又说出了令我意想不到的话。

"那个，孩子爸，我想要台车。"

这是继新婚期那架目黑的钢琴之后的又一大冲击。

"什么？车？！可你连驾照都没有！"我大吃一惊地说道。

要知道，那时候女性司机可是寥寥无几。

可妻子解释道："孩子爸，就算以后买了独立住宅，估计离车站也没那么近吧。走着去可是很辛苦的。不过，要是有车的话，我不就能送你去车站了吗？是吧？"

"是吧？""不行吗？"我最听不得妻子这样问。

况且，她这是要为了我去考驾照啊！

这洗脑洗得可真厉害，这迷汤灌得可真妙啊！

最终，我们夫妻同心，在广岛期间双双考取了驾照。那时正值大阪世博会召开后的第二年——1971年，我的工作单位第一银行因合并而更名为"第一劝业银行"。

在和子的强烈要求下，我做出了让步。趁那会儿还没买独立住宅，买了辆二手车。

最开始买的那辆车，我还记得，是王子牌小轿车。那是辆毛病很多的二手车，每次在十字路口停车就熄火。我们一家人还开着它去过宫岛。不过，那是一趟惊险之旅，少尝试为妙。

这样下去，一家人的性命都堪忧。后来，我咬咬牙买了辆新的三菱戈蓝。虽然是在妻子熟人开的店里买的，拿到了友情价，但还是老办法——分期付款。

说到开车技术，虽然我很不甘心，但是妻子比我厉害得多。

她开得挺快,停车入库也很熟练。

怎么说呢,算是很有开车的悟性吧。

而我呢,有一次,本打算打转向灯的,结果却触发了雨刮器,搞得场面一度十分尴尬。

有时,只要我一握住方向盘,坐副驾驶座上的妻子便会立马调侃道:"你的技术不行哦。"

这让我气不打一处来。

这不很正常嘛。我每天忙着上班,可你却有大把时间,开着车到处晃悠不是吗?

不满的话就卡在嗓子眼儿。但是,对一直以来奔波辛劳的妻子,我又怎么说得出口?

她每天忙着采办日常必需品,忙着接送孩子,四处奔波。而这一切都是为了家人,尤其是为了我。

慢慢地,我就成了副驾驶座上的男人。

"孩子爸,请系好安全带!"

和子手里打着方向盘,那个样子看起来帅气逼人。

家里的"出息"与"高升"

按月付款入手了私家车后,渐渐地,我们家的经济也变得宽裕起来。和子是否变得铺张浪费了?完全没有这回事。

孩子们长大后,教育支出成了家庭开销的大头。

和子还是老样子,在家计安排上有些迷糊。每次临近发工资时,我都在家被迫搞起了融资。不过,她已经很努力在操持了。

不去盲目跟风,追求一些时下热门的家具等新鲜玩意儿,而是珍惜现有的东西,不浪费一丝一毫。和子的这种做法,让我想起了昔日的母亲。

"那个,孩子爸,你看这个。"

"什么？"

我扫了一眼妻子手里的东西。

是我的一双深蓝色商务袜，看起来旧旧的。

"你瞧，这双袜子，真是出息了呢。"

"出息？"

"没错，出息了。你不觉得这袜子穿久了，风韵更胜当年了吗？"

原来如此，出息？说得真好。

一想到这不是一双单纯的旧袜子，而是一双"出息了"的袜子，我就莫名地生出几分留恋。

"袜子呀，你也是个职场战士吗？那好，我就奉陪到底吧。"我心想。

不久，袜子上破了个洞。对着那双袜子，妻子又口吐金句。

"恭喜，您高升了。"

说罢，她便拎着袜子，放轻脚步往垃圾桶的方向走去。

她用饱含深情的口气对它说道："辛苦了。"

对心爱之物爱护有加，甚至给其起名字的我的母亲——久子。

爱惜东西，物尽其用，心怀感恩地赋予其"出息"与"高升"之喜的我的妻子——和子。

在这一点上,妻子和母亲的做法如出一辙。

我莫名愉快起来,在心里发誓:今后也要不断地见证家里的"出息"与"高升"。

结婚对我来说最大的好处就是,我无时无刻不被明媚阳光的妻子所治愈。

简简单单的微笑和一句"你回来啦"

已婚的男士们，你们可曾因着装过于随意而被妻子吐槽过呢？

而太太们，你们是否也曾心生不满：要是他能对自己的着装打扮上点儿心就好了？

我们家的答案是肯定的。

我那副德行可把和子给愁坏了呢。

平常上班都是穿西装。其他时间，我对穿衣打扮从来不讲究。

我觉得休息日在家，穿什么都无所谓。

但对此，主张在自己能力范围内，充分享受打扮乐趣的妻子激烈地反驳道："人靠衣装马靠鞍。比起把钱花在吃进肚子里就看不见的食物上,还是把钱花在别人看得到的装扮上来得实在。

"你去看看宝冢歌剧。演出确定下来后,人家都是一边和导演商量,一边确定素材和细节,然后制作服装的。歌舞伎也是根据角色来定装的,比如主演、反派角色、公主。《娘道成寺》里的清姬,光看她那条黑布腰带上画的圆圈,就能明白她为爱疯狂的心情。京都人讲究穿,难波[1]人讲究吃。你也算是在京都长大的,多少得对自己的着装上点儿心!"

"好的,我知道了。"

就这样,我被妻子攻陷了。

有一次,对着妻子给我挑的一件粉色衬衫,我面露难色:"这,会不会有点儿太招摇了?"

"很适合你啊!好看!"

因为那么一句话,我穿上了。

只要她高兴,要我干什么都可以。

和子办事向来干脆利落,从不拖拉。

在我被工作折磨得够呛的时候,她也不会不合时宜地

---

[1] 难波:大阪市及其附近地区的古称。

问长问短、问东问西。

下班回到家,迎接我的,是她简简单单的微笑和一句"你回来啦"。

这就够了。

而我只要看见妻子的笑脸,烦心事就都抛到了九霄云外。

我和她一样,从来不在家里发牢骚。

她的一抹微笑,给了我力量!人生再苦,为了和子和孩子们,明天也要加油!

结婚对我来说最大的好处就是,我无时无刻不被明媚阳光般的妻子所治愈。

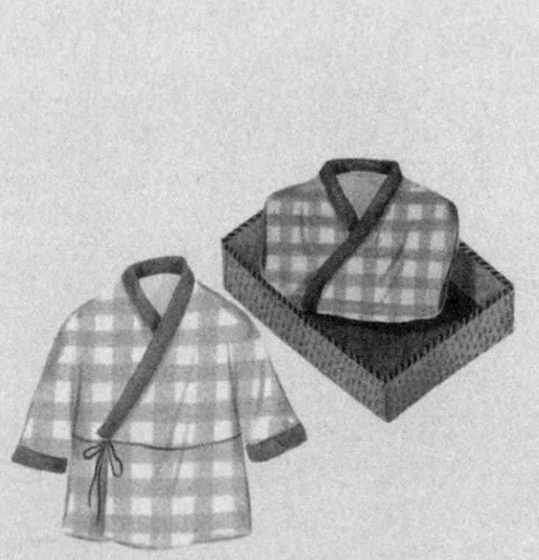

第四章 退休生活

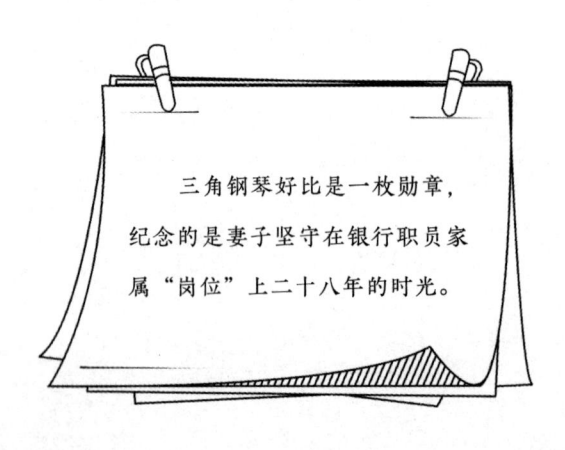

三角钢琴好比是一枚勋章,纪念的是妻子坚守在银行职员家属"岗位"上二十八年的时光。

在银行职员家属"岗位"上坚守二十八年，奖励是一架三角钢琴

我的银行生涯与战后的金融转型期完美重合。

先是从20世纪50年代起持续了十九年的经济高速增长期。那会儿，日本的经济顺势而上，经济指标一路直线上升。其间，我与和子组建了家庭。

接着，是大阪世博会结束后的1973年，石油危机爆发。作为融资专员，我在日本国内的各个分行间来回奔波。工作再繁重，我也还是倾尽了所有的热情去完成。

再后来，便是将日本卷入巨型旋涡的平成泡沫经济崩盘前夕，即20世纪80年代。

在那期间，我迎来了第一次退休。

1984年11月20日，我迎来了五十五岁生日。

那一年，NHK电视台的晨间剧《阿信》引起了巨大的反响；一个广告让"伞蜥热潮"[1]席卷日本；日本的男女平均寿命首次占据全球榜首位置……

我不禁感叹：原来日本人是世界上平均寿命最长的啊……

退休后，我决定在另一家公司开启我的第二个工薪族生涯。

像过去那种频频调动，累及家人的繁重工作不会再有了吧。

今后，等待我的应该是慢节奏的职场生活。

但是，一想到要和父亲曾工作过，而我自己更是承蒙关照三十四年之久的银行告别，说不难受，那是骗人的。

到了这个岁数，生命的终点虽说还在前头，但也进入倒计时了。

我时常盯着单位发的那只座钟看。

钟的底座是水晶玻璃制成的，形似熔岩，上面镶嵌着圆形的表盘。

---

[1] 伞蜥热潮：三菱汽车在电视广告中采用了伞蜥作为新车的形象代言人。

钟的背面是一排烫金字，写着"第一劝业银行退休纪念"。

不知怎么的，我总有种被冒犯的感觉。

那支秒针日复一日规规矩矩地爬着，嘀嗒、嘀嗒，就好像钟表行当没有退休之说似的。

1976年，我在东京町田买了人生中第一栋房子。

是我们叨了好久的独立住宅。

距和子以"将来买独立住宅，要是离车站远就麻烦了"为由，对私家车念念不忘那会儿，已经五年多的时间。

真的让她受苦了。

也让她久等了。

多亏了妻子，身为一线金融从业者，我才能熬过那段水深火热的岁月。

我决定用退休金给她买一份礼物。

"你想要什么？我都给你买！"

"真的？真的吗？"

和子整个人顿时容光焕发。

没错，我要的就是这个效果。这是我想看到的。

"嗯，你尽管说说看。"

兴奋之余，和子抬高嗓音对心情大好的我央求道："那我想要一架三角钢琴。"

三角钢琴!

大丈夫一言既出,驷马难追。

"嗯,那个小意思。"我说道。

不久,我们在町田的家终于迎来了一架三角钢琴。

至于那架立式钢琴,从我们住在目黑的两间四叠半职工住宅开始,直到今日,它陪伴我们度过了四分之一个世纪。我们请来二手钢琴公司将它回收了,客厅总算腾出地方来放新钢琴了。

那架钢琴好大。

感觉比摆在陈列室里的时候还要大。

也是。毕竟原来设计客厅时,就没预留三角钢琴的位置。

话说,之前目黑的职工住宅里摆了架立式钢琴后,可供活动的空间也就小得可怜了。

如今,那架立式钢琴也"高升"了。

妻子不顾沉浸在感慨中的我,一溜烟坐到钢琴前面,兴高采烈地弹起了《致爱丽丝》。

"这音色就是不一样,明明很清透,却又不失深沉。谢谢你,孩子爸!"

和子神采奕奕。

也许是心理作用,我觉得她的琴技比以前更上一层楼了。

三角钢琴好比是一枚勋章,纪念的是妻子坚守在银行职员家属"岗位"上二十八年的时光。

来吧,从今天开始,随心所欲地弹起来吧,和子!

看到和子一副意气高昂的模样,真好。

从我第一次在久留米分行遇见她,一直到现在,她依然明媚如初。

我的奖励是一把"男士椅"

我想,我给妻子买的三角钢琴,起码能跟一枚轻奢钻戒媲美了。往事不堪回首,这回总算不用分期付款了,我一口答应买了下来。

如果一架三角钢琴便足以犒劳我那可爱的妻子,那么这已经算便宜我了。

看到和子喜笑颜开的样子,我才想到了自己。

也买个东西犒劳下我自己,这不过分吧。

毕竟这笔退休金是我三十四年来挥洒辛勤的汗水,打拼得来的。

于是,我心里有主意了。

椅子。买一把我自己专用的椅子怎么样?

对男人来说，椅子是一种地位的象征。

比如，社长之椅、大臣之椅、教授之椅……座椅一把，尽显卓然风采。

曾有知名设计师建议，与其把钱花在书房的装潢上，不如咬咬牙买把称心如意的椅子。

我决定了，就买椅子吧。

事不宜迟，我很快就买回了一把带有沙发脚踏的椅子。

座椅靠背可以调节。一坐上去，美哉！悠哉！

就这样，那把椅子成了我在家的专座。

对了，给它起个名字吧。

一时兴起的我决定效仿昔日母亲的做法。起好名字后，我便将其写在纸上，然后往椅子腿上贴。

不过，那张纸掉了之后，我就把名字给忘了。

既然都忘了，就算不上什么好名字吧。

这一次，我一定要起一个恰到好处的名字，而且必须是个帅气的名字才行。别人一问起，我就能笑嘻嘻地解释名字的由来。

没错！我抱着胳膊，望了望天花板，愣了半天，却想不出什么好主意。

要不就叫"专座"？

算了吧。对了，佛祖坐的是莲花台，那我的就叫"花之台"如何？

不行，别人听了肯定一头雾水。

时至今日，我才明白母亲起名时的巧思。

"你有什么好主意吗？"

我拿不定主意，于是向妻子求助。

只见妻子歪着头，一副"你可真闲"的表情。

过了一会儿，她提议道："那个，就叫'Wu De'怎么样？"

"嗯，这名字不错。"

我立马回应道。

"是坐那上面的人，集儒家所说的温、良、恭、俭、让这五德于一身的意思吧？"

她听罢露出一副诧异的表情。

"不、不，我刚才是在开玩笑。是这把椅子用来伺候我看电视、看录像带、读报、读书、睡觉一举五得的意思吧。"

都说到这份儿上了，还是没能令妻子心服。

又想了想后，我茅塞顿开。

"啊，原来如此。我懂了。我就是只铁壶嘛，还是只破旧不堪的铁壶。这椅子呢，就是架起我这只老铁壶的火撑子（日语里叫作'五德'）。"

终于，妻子点了点头，抿着嘴笑了。

"你的头发还在,还算不上老铁壶呢。"

虽然"Wu De"花费了将近十万日元,但我觉得物超所值。后来,一直到坐垫的布破了,我还用得不亦乐乎。

那把椅子真是深得我心。

不久,女儿和儿子相继完婚,离开了我们在町田的家。

而妻子的活动范围也逐渐扩大。她加入了当地的合唱社团,结交到越来越多的新朋友。

她所到之处,便有人笑逐颜开。

她还很会照顾人。后来我才知道,原来她在集体中充当的是发起人的角色。

从我第一次在久留米分行遇见她,一直到现在,她依然明媚如初。

这让我可以放心地投入人生的第二份工作中。

在"两代居"住宅里,陪母亲走完人生最后一程

但是,我们在町田的家也只熬过了十三个年头。

母亲迎来八十大寿时,我们以此为契机搬离了町田。而后,在埼玉的入间市建了一栋"两代居"住宅,开始了与母亲同住的生活。

2003年11月7日,我们陪着母亲走完了人生的最后一程。那年,母亲享年九十七岁。

我选了一张母亲身着白色衬衫,抱着曾孙,脸上露出灿烂笑容的照片作为她的遗照。

母亲久子教我温柔地对待生命,同时毫不吝惜地对我倾注了母爱。

她顽强地度过了明治、大正、昭和、平成四个时代,

是个意志坚强的人。

到了晚年,母亲渐渐生活无法自理。那时,是贤惠的和子,事无巨细地照顾着她。

母亲该是怀着多么安详的心情离去的啊!

我要用一生来报答和子。

我再次在心里郑重地发誓。

用一套靠海的公寓回报妻子的付出

母亲离世后,"两代居"住宅对我们来说太大了。

而和子很喜欢住在町田时加入的那个合唱社团,甚至还会不远千里从入间赶去参加社团活动,而单程一趟下来就得花上两个小时。

话说,以前和子是说过想住海边的。

入间的房子,是时候放手了。

母亲的周年忌日过去四个多月后——2005年3月,我们搬到了镰仓市大船的一套公寓里。

那里除了书房、卧室、琴房,还有客厅,并且带了一个小院子。

对我们夫妻来说,这套三室一厅的房子足够了。

这次,我们把三角钢琴搬进了一楼角落的房间里。这样一来,就算琴声多少会漏出来一些,也不至于被邻居泼冷水吧。

公寓附近曾经有一家松竹大船摄影厂,河岸两旁的樱花树很美。旁边还有和子喜欢的大海,横须贺市也离得不远。

当我身陷"Wu De"的怀抱里,看着电视上的精彩节目时,耳边传来了和子的琴声。

这弹的好像是……莫扎特的钢琴奏鸣曲。

不一会儿,旋律便停了下来。一阵脚步声随即朝我这边而来,那是和子穿的拖鞋发出的声音。

"孩子爸,咱们喝个下午茶吧。"

和子突然出现在客厅里。

夫妻俩的二人世界,午后的咖啡。

美妙得很。

过好退休生活的秘诀是，切莫勉强自己

近来，一本叫作《退休后》的书登上了畅销榜，而退休生活指南之类的书籍可谓满天飞。

反过来想，这恰恰证明有很多人为退休后该如何生活而大伤脑筋吧。

今后该怎么过下去呢？

钱够用吗？

这些担忧我都明白，内心是会焦虑不安的。

据说，在有些家庭里，妻子还会为丈夫退休后整天待在家里，而不得不张罗三餐什么的而感到烦恼。

毕竟这是一个"百岁人生时代"，退休后的人生还有很长一段路呢。

我自己呢，是挺享受退休生活的。

果然，强扭的瓜不甜。

六十五岁那年，我迎来了第二次退休。对我来说，此后的每一天都成了星期日。

早上再也不用早起，也不用随便扒拉几口饭就赶着出门了。

和子和我都能睡个饱觉。我俩几乎同时起床。

早起后，量下血压，喝杯水，换身衣服，再洗漱一番。把自己整理好后，到佛龛前感谢自己又多活了一天，同时祈祷新的一天能平安度过。而后，出门倒垃圾，顺便取早报。

不管怎样，和子晨起的梳妆打扮还是需要花些时间的。所以，自然而然地，早饭就变成由我来准备了。

从小在母亲的指导下，我干起厨房里的那些活儿来一点儿也不费劲。

要烤出焦黄色香喷喷的面包，就得在烤面包机的刻度调整上下功夫，而这对我来说是小菜一碟。切好西红柿、卷心菜和黄瓜，剥掉水煮蛋的壳，然后把它们分别盛到盘子里，再配上蜜汁藠头和洋李……最后把混合了黄油、牛奶和洋葱的调味汁摆上桌。这一套下来，也算得高手的杰作了。痛快！

以前每天重复着机械性的工作，内心何曾有过这种喜悦？

相比之下，厨房是一个人的天下，不用理会那些上下左右、杂七杂八的人际关系。

而且，要是妻子投诉我做的饭菜不好，只需要低头道个歉："啊，不行了。我干不下去了。请允许我辞掉这份工作。"

那一天那一刻那一句已经到了嗓子眼儿，却又和着眼泪咽回去的话，现在终于可以发泄出来了……

正当我脑子里一阵瞎想，心中暗自称快时，很快，操作好洗衣机的妻子就过来了。于是，我们便开始用餐。

当然，像妻子投诉我这种事情，一次也没发生过。

我俩慢悠悠地坐下，相视而笑。

"我开动了。"

我们不约而同地双手合十。

感谢今天也能精神饱满地享用早餐。

除了做早饭，妻子还给我吩咐了其他工作：打扫卫生。

因为妻子只要一听到"打扫"这两个字就头疼。

用吸尘器打扫这套面积不大的三居室，也算是一种轻度的运动。

"你可帮了我大忙，孩子爸。"

和子哄我很有一套。

此外，我还要给花草浇水。妻子害怕蚂蚁，却总喜欢买些盆栽回来。也许她就喜欢远远地欣赏吧。妻子负责给那些花花草草一个归宿，而我则负责悉心照料它们长大。

就这样，我们彼此的自由时间，就这么一点点地消耗在这些琐事上了。

平常，乐于社交的妻子会出门活动。

而挥手送别她后，我会独自在家度过一段安静的时光。

另外，我还如愿以偿地上起了木村治美老师的随笔课。

随着作业提交截止日期的临近，我会一个人闷在书房里，在稿纸前绞尽脑汁。

创作的过程可谓痛并快乐着。

和子的"蒜头鼻"

一到领养老金的时候,我的脑海里就闪过"得省着点儿花"的念头。

"这个月我们俩的预算是 × 万日元。这样一来,可以自由支配的钱就只剩下这些了。"

我心里盘算着。

下馆子和打车费用是家庭开销的两个大头。

特别是下馆子。稍微点个酒水,金额便噌噌地往上涨。

忽然感觉下班后去居酒屋喝上一杯的时光,已离我很遥远。

年纪大了,有时候也懒得做饭。

每当这种时候,我们就会出门散步,顺便逛逛街。

虽然有时会因钱的问题而感到焦虑，但是，人生得意须尽欢。

没错，我们这种老夫老妻更需要"元气节"来犒劳自己。

傍晚，我们来到大船站前。

到达我们的目的地——一家荞麦面店后，我和妻子面对面坐下。当我一边吃着天妇罗，一边喝着生啤酒时，我把目光扫向了眼前。

有只鼻子！

就在我低下头时，对着一碗炒乌冬面，一边呼呼吹凉，一边往嘴里送的和子的鼻子映入了我的眼帘。

那只鼻子很是可爱，就像是把面粉揉成一团后按到墙上一样。和新年玩的那个传统游戏福笑[1]里的那只鼻子一模一样。和子的鼻头因为出汗而闪着亮光。

盯着看了好一会儿之后，我说道："你的鼻子可真好玩儿。"

和子一听，停下筷子，抬起头，露出了有点儿吃惊的表情。不一会儿，她呵呵地笑起来，一副"都处那么久了，你现在跟我说这个？"的表情，然后说道："是呀。我这鼻子可是遗传自孩子姥爷的，这叫'蒜头鼻'。"

---

1 福笑：把眼睛蒙上，找五官的卡片贴在脸上（一张大的图片）。

孩子姥爷,说的自然就是妻子的父亲。

那位身形伟岸的军人,我的岳父大人。

嘿,是孩子姥爷的鼻子呀。

我想起了第一次见到岳父大人那日的情形。那一天,与其说是相亲,不如说是我接受岳父大人的检验。

不过,孩子姥爷是蒜头鼻吗?

只记得那时,我心里战战兢兢的,压根儿没心思仔细端详。不过印象中,岳父大人鼻梁挺拔,鼻翼丰满,很是威严。

那么,和子的呢?

那时和子的鼻子又是什么样的呢?

我俩在久留米站并排吃着冰激凌时,雪白的冰激凌蹭到脸上,把她的鼻子和嘴巴连到了一块儿。她的鼻子,不是像浮世绘大师喜多川歌麿笔下的美人画那般笔挺俊俏吗?

"回去吧。"

吃完后,妻子一边用毛巾擦了擦鼻子上的汗和嘴角,一边站起身来。

于是,我俩一起踏上了回家的路。

这个初夏的夜晚,让我想起了我俩在久留米站并排站着吃冰激凌时的情形。

她那笔挺的鼻子上哪儿去了?

一时间,我有种顿悟的感觉。

五十多年来,妻子生养了两个孩子,洗尽铅华,勤俭持家。经历半世纪风霜雨雪,再挺拔的鼻峰也被磨成小沙丘了不是吗?

没错,就是那样的。

5月的风,拂过脸庞,暖暖的。这种感觉似曾相识。

真希望就一直这么平静地生活下去。

只要是跟和子一起,我哪儿都想去瞧上一瞧。

东北巴士之旅、信越的美妙音乐会之行……

每一次都那么尽兴开怀。

那么,接下来,要去哪里呢?

我俩肩并肩慢悠悠地走在通往公寓的路上,我兴奋得心里像是有浪花在欢腾。

严峻的考验来临

大概就是在这个时候吧。

有一天,和子突然递过来一条珊瑚项链。

"这是护身符。听说珊瑚可以辟邪。我不戴了,你拿着吧,孩子爸。"

那串珊瑚的珠子圆润饱满,很是漂亮。

"是嘛,辟邪呀。那我就收下了。"

当时,我不以为然地把它锁进了书房的抽屉里。

现在想想,也许从那个时候起,她便已经有所预感。

不久,我们的婚姻步入了第五十五个年头。一场前所未有的严峻考验正悄悄地降临,而我们却丝毫没有察觉到。

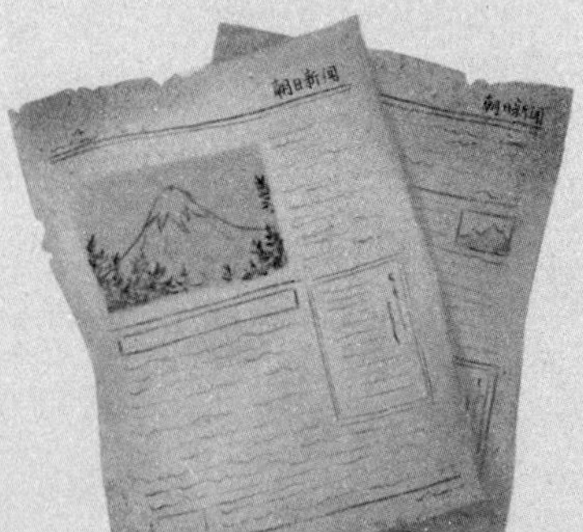

朝日新闻

第五章

陪爱妻走完人生最后一程

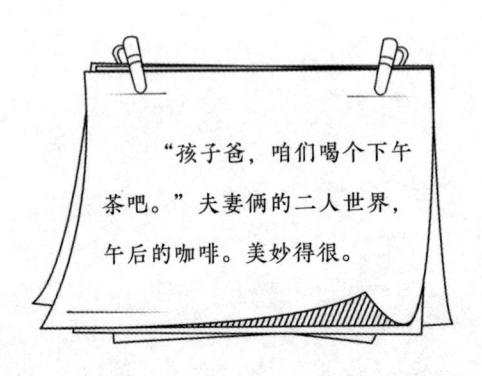

"孩子爸,咱们喝个下午茶吧。"夫妻俩的二人世界,午后的咖啡。美妙得很。

妻子的异常

2011年12月3日，星期日。

明明进入腊月了，可镰仓从早上就下起了暖雨。

上午雨过天晴后，气温很快上升到了20℃。

天气一改前几日的阴霾与湿冷，阳光格外明媚和煦。河岸两旁的樱花，仿佛下一秒就要开出不合时令的花来。

这一天，住在甲府的儿媳妇来到镰仓。

大家约好一起吃午饭。

中午，我和妻子到大船站和她碰面后，进了附近的一家餐厅。

儿媳妇为人爽快，和她聊起天来，天南地北的，让人胃口大开。

和子吃着汉堡,一脸满足的样子。不一会儿,她又拿起面包,蘸着半釉汁吃了起来。很快盘子里的食物就被扫得一干二净。

异常就发生在饭后。

吃完后,和子的脸上堆着柔和的笑意,想从座位上站起来。突然间,她发出"啊"的一声。

她的腿不听使唤了,她站不起来了。

她用力地撑着桌子。

但是,两腿瘫软的她一下子就倒了下去。

"怎么了,和子?"

"婆婆,您没事吧?"

等我跟儿媳妇回过神来想要靠近她时,和子说道:"没事,我没事的……我去一下洗手间。"

妻子用力地支撑起上身,在儿媳妇的帮助下,总算是解决了内急。但是,在回到座位的途中,她再一次双腿瘫软,坐到了地上。

这下糟了!我们马上打了辆出租车,急忙送她去了医院。

急救室的大门被猛地推开,和子被推了进去。

诊断结果是脑梗死,必须马上住院。

"这是大脑血管堵塞导致的,以后能不能摆脱轮椅都是个问题。总之要尽快治疗，以后努力做康复训练吧。"

医生脸上露出一副"这不是什么稀罕病"的表情，告知我们要住院一个月。此时，和子眼里泛起泪花，虽然有些口齿不清，但激烈地反抗道："不，我不要。我没有哪里不舒服。我要回家。请让我回家。拜托了！"

不管我怎么苦口婆心地安抚，她都一个字也听不进去，只是一个劲儿地说"我要回家"。

与儿子年龄相仿的医生见状，冷冷地说道："要回家可以。那请回吧。不过要走着回去哦。"

瞬间，妻子陷入了沉默。

因为，她走不了路。

接着，医生又说了一句："等你能走路了，就可以回家了。"

这话听起来有点儿讽刺，让人心里不是滋味。但不把话说到这份儿上，恐怕妻子是不会死心的。

事实上，和子那会儿的情况很危急。

对医生的良苦用心，我心怀感激。

12月末，主治医生让我去一趟医院。

"夫人已经脱离危险了。一开始我以为无计可施了，好在治疗得还算及时。目前情况暂时稳定下来了。"

听到这里，我心里的一块大石头终于落地了，感觉如释重负。

但妻子的右半身还处于麻木的状态，医生建议转到专门的康复医院进行治疗。

平冢有家擅长康复治疗的医院，女婿就在那里上班。

新年到来之前，我们安排和子转院去了那里。

尽管努力做康复训练……

那家医院坐落在海岸附近。

前面的一条街道是新年有名的运动赛事"箱根驿传"[1]的赛道。

这时候我们自然没有心情观看这种振奋人心的接力赛。

每天的康复训练是三个小时。

物理疗法、作业疗法、语言疗法三种疗法各一小时。对此,我们丝毫不敢懈怠。

而剩下的时间里,我们基本上无所事事,就是一个劲

---

[1] 箱根驿传:正式名称为东京箱根间往复大学驿传竞走,是一项驿站接力赛。

儿地在发呆。

病床上的妻子,一脸的不高兴。

虽然病情渐渐稳定了,但妻子还是不习惯医院的生活。

因为不自由。

弹不了最爱的钢琴。

开不了车。

她的内心充满了哀伤,一天一天慢慢地枯萎。

我每天往返于大船和平冢的医院之间。

不过,探望时间是有规定的。我没办法像在家的时候那样,一整天都和她待在一起。

"你要回去了吗?"

她不安地问道。

"嗯,因为探望时间结束了哦。"

"你明天还会来吗?"

"嗯,我一定会来的。一定。"

就这样,每天探望和陪伴妻子成了我生活的一部分。很快,三个月过去了。

河岸两旁的樱花也该开了。

主治医生告知的康复住院期是五个月。

顺利的话,还有两个月就能出院了。

没有和子相伴的夜,孤独而又漫长。

结婚五十五年来,我们每天都在从结婚时收到的那只闹钟里响起的《安妮·萝莉》的旋律中迎来新的一天。长夜漫漫,共度良宵方知夫妻情深。

我们怎么能就这样被拆散呢!

就算居家照护的日子再苦再累,我也一定要重拾执子之手,与子同眠的温存。

对着妻子那张被白色床单罩住的床,我暗暗发誓。

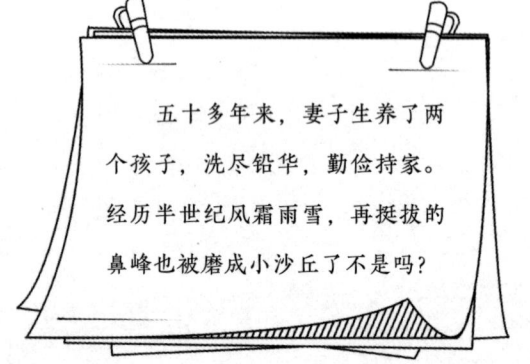

五十多年来,妻子生养了两个孩子,洗尽铅华,勤俭持家。经历半世纪风霜雨雪,再挺拔的鼻峰也被磨成小沙丘了不是吗?

居家照护,还是一起进养老院?

不管怎样,都要回家。

一定要回家。

虽然妻子对康复训练很上心,也肯下功夫,但遗憾的是效果并不理想。

住进康复医院已经有四个月了。

是时候决定下一步的对策了。

是在大船的公寓里居家照护,还是夫妻俩一起住进养老院?

当然,我意已决。

就如和子所愿,跟她一起回家,居家照护!

然而,孩子们对此表示强烈反对。

"父亲,那样的话,您也会累倒的。"

确实,如果连我都因为照护而病倒,那么更会给子女们添麻烦的。而那绝不是我的本意,妻子也不愿看到那样的事情发生。

虽然花了很多精力做康复训练,但妻子仍处于护理等级五级、残疾人二级的阶段。她的余生得在轮椅上度过,这已经是板上钉钉的事情。

我心里清楚,事已至此,已经没有其他的选择了。

自家公寓不是无障碍住房。就算雇用专职护理人员,钥匙也还要交出去,这让我心里有点儿别扭。

经过深思熟虑后,我做出了决定。

两个人一起住进养老院吧。

那么,什么样的养老院最适合和子呢?

今后到底需要多少钱?

晚年的资产是个定数,我们的手头远远不够宽裕。

必须在能力范围内,跟和子两个人生活下去。

要是连我都倒下了,和子要怎么办?

不,现在还不是考虑这些事情的时候。

就算是为了照顾和子,我也绝不能先倒下。我必须振作起来!虽然我的心里一直忐忑不安,但总算找到了一家符合预算的收费养老院，设施方面也比较理想。

那家养老院离大船的公寓不远，饮食、洗衣、打扫、洗澡都有人帮忙。

房间里摆了两张床。

最重要的是工作人员都很热情开朗，这让我感到很欣慰。

办好入住手续后，在孩子们的帮助下，我们开始着手打包行李。

这是我出生以来第二十四次搬家。

虽然灾害发生时，也会前往紧急避难所，但说不定这是我人生中最后一次搬家了。

那时正值暮春时节，我八十三岁，妻子八十一岁。

结婚五十五年来,我们每天都在从结婚时收到的那只闹钟里响起的《安妮·萝莉》的旋律中迎来新的一天。长夜漫漫,共度良宵方知夫妻情深。

为入住"老人之家",开始"断舍离"

入住"老人之家"的日期确定了,就在妻子离开康复医院的5月的最后一天。

剩下的就是考虑还要带什么东西过去,要带多少。

毕竟,在"老人之家",一对夫妻只有三十多平方米的空间。然而麻雀虽小,五脏俱全,里面紧凑地容纳了客厅、卧室、整体卫浴、迷你厨房,还有一个壁橱。不同于以往搬家,这次的行李必须精简再精简。

假设从现在开始活到一百岁,那么还有十七年半的时间。

在这期间,我用什么来打发时间呢?

对了,带上一些好玩儿的东西吧。

我从架子上拿了一本书。

是《原色日本昆虫图鉴》。这个好啊!

我从小就喜欢采集昆虫,闲来无事时,翻一翻昆虫的图片,岂不乐哉?

我上了年纪,文字读起来有些费劲。

那图片翻起来就让我惬意多了,偶尔看看这个也不错呢。

而且,文库本随时都能买到,但图鉴可是稀罕货。

所以,我毫不犹豫地决定带走它。

那么,日记、大阪世博会的剪报,还有和班上同学一起制作的随笔集怎么办?

我寻思了一会儿,得出了结论。

这些不像书那么重,如今也没必要着急处理掉。空闲时,拿起来翻一翻,等之后实在不需要了,再慢慢处理掉就好了。嗯,这种方法也可行呢。

入住"老人之家",势在必行。

另外,还有父亲的遗物——棋盘和围棋子。这个我是无论如何都想带过去的。

老实说,有一些东西被我扔掉后,后来想想其实留着也挺好的。我心里不免有些懊悔。

不过,那也只是一时的,没什么大不了。

冷静地想象一下,五年后,十年后,人生的最后,我还是想给自己一个干净利落的结束。

  我觉得自己能够快速地做出取舍，是托之前频繁搬家常年被迫选择行李的福。

  虽然辗转于各地累得够呛，但也不全是坏事。

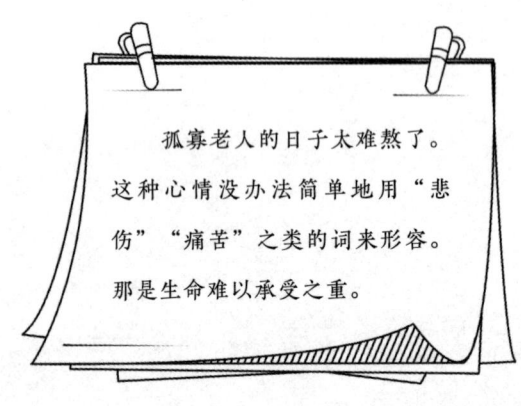

孤寡老人的日子太难熬了。这种心情没办法简单地用"悲伤""痛苦"之类的词来形容。那是生命难以承受之重。

总有一天会回家的!

2012年5月31日,我们终于搬进了"老人之家"。

反正只要能和妻子在一起,我就很开心。

要知道,我们可是分开了半年之久呢。

不过,妻子却不是这么想的。

"为什么?康复期都已经结束了,可以回家了吧?这是哪里?咱们回家吧。"

她嘴里老是念叨着一句话:"我要回家。"

那个时候,她的身体已经不听使唤,再加上认知能力也在一点儿一点儿地下降。所以,她不明白住进"老人之家"到底意味着什么。

"你看,这里和医院不一样,咱俩能一直在一起,对吧？这样就行了。"

我一个劲地安抚着她。

终于,妻子低声嘟囔了一句:"总有一天能回家的,对吗?"

"嗯,能回家的。能回家的。"

听到这句话,她点了点头,像是落水的人抓住了一根救命稻草似的,一脸庆幸。

虽然家里的东西都整理好了,但我并没有把大船的公寓转手卖出去。

水、电、煤气也没停。

我偶尔会回去开窗通通风,但那里基本上是没人住的状态。

我从没想过要出租。

我们取得了"老人之家"负责人的谅解,住址也没有变更登记。

当然,把房子卖掉或者出租,这对我们在经济上会有很大的帮助。

可能有些读者会替我们觉得可惜。

但我还是咬咬牙撑了下来。

那段日子过得紧巴巴的。

对于妻子来说,回到大船的公寓是她的愿望。

"老人之家"终究不是归宿，住在那儿是寄人篱下。总有一天，一定要回家的！

　她的这份心情，我十分理解。

拨开乌云,才能重见阳光。

历经风雨,方能行稳致远。

车和三角钢琴没了

虽然要负担管理费之类杂七杂八的费用,但公寓总算设法保住了。

只是,对于妻子心爱的汽车和三角钢琴,我却无能为力。

首先不得不处理的是车。

那辆红色轿车,长期以来备受妻子的爱护。

"和子,咱们很长一段时间都用不上车了。对不起,我可以把它卖掉吗?"

妻子摆出一副默许的表情。

虽然她嘴上没说不行,但是一脸的不悦。

而三角钢琴,已经沉寂在家有一两年了吧。没有人去弹奏的话，钢琴会孤独、会生病、会跑音。

"钢琴也挺可怜的，要不让人来回收了吧？"

我的话刚说出口，和子就激烈地反对。

"不行！绝对不行！不能卖掉钢琴！我不同意。"

泪眼婆娑的她像个孩子似的抗争着，怎么也理解不了我的做法。

也是。先是身体的自由，再到爱车，现在就连自己最心爱的三角钢琴也要被夺走了。

钢琴是一枚勋章，纪念了妻子作为银行职员家属辛苦奋斗二十八年的岁月。

对于和子来说，那是岁月的见证。

可谁能料到……

虽然任务艰巨，但我仍苦口婆心地劝她。

"这次我不给你买那么笨重的三角钢琴了。我给你买电子琴，只要你想弹，随时都能弹的那种。这样一来，你在这里也能弹，对吧？"

在我持续的劝说之下，和子终于做出了让步。

我也依照约定，给她买了一架小巧的电子琴。

和子坐在轮椅上，迷你餐桌上摆着童谣的乐谱和电子琴。

她的右手处于麻木状态，动弹不得，所以只能用左手,啪嗒啪嗒地敲着键盘。

　　　　花开了,花开了,
　　　　是郁金香的花儿。
　　　　排队了,排队了,
　　　　是红、白、黄,
　　　　无论哪一朵,
　　　　都那么漂亮。

柔和但不太连贯的旋律充满了整个房间。

但妻子的脸上却写满了落寞。

渐渐地,电子琴失去了出场的机会。

短短时间内,接连痛失挚爱的轿车和三角钢琴后,妻子整个人明显变得焦躁起来。

突然,坐在轮椅上的她,对着脚踏便踢了上去,发出啪的一声。她这是在恨自己不争气吧。

"别这样。"我劝阻她。可下一秒,她便抬起还能活动的左手,一把抓起眼前的纸巾盒,就给扔了出去。

"我没哪里不舒服。咱们回家吧。"

"嗯,回家吧。会回去的。再等一等。"

我们每天重复着同样的对话。和子因情绪焦躁会吵闹一些，眼镜盒和眼镜都被她甩飞了。我懂，我都懂。她的心情，我感同身受。

  我也很痛苦。

  不过，她已经做得很好了。

  她一次也不曾哭过。

在"老人之家",梦回当年新婚宴尔时

三四年过去了,我们也逐渐适应了"老人之家"的生活。

起初,和子闹情绪,嚷嚷着要回家时,我总是顺从地随声附和道:"那好,咱们回家!"总得让她有个盼头啊!

但渐渐地,她不吵了,也不闹了。

想当初在家生龙活虎,可如今却成了这副半身不遂的模样,和子心里必定如同刀割。

有一段时间,她日思夜想着回家。也许是等待的时间太过漫长,长到足以让她选择与自己达成和解。

不过,在这儿确实舒心。我不必再为一日三餐发愁,也不用为洗衣、打扫和妻子的洗浴护理而烦忧。

地方是小了点儿,但在白天,西南方向的窗户会有阳

光照进来，照得身上和脸上暖烘烘的，很舒服。

新婚那会儿，我俩在目黑的两间四叠半职工住宅里耳鬓厮磨、形影不离。

如今，小小的房间里，两床相对，便是余生。

这儿的夜很长。

在护理人员的帮助下，妻子下午6点30分就躺下了。

不过她好像也没那么快入睡，而是躺在床上追寻那已渐渐模糊，甚至消逝了的记忆。

每次她想起点儿什么，就会喊我。

"孩子爸——"

"怎么了？"

"咱俩是在熊本的藤崎宫办的婚礼吗？"

"没错啊！"

"哈哈哈……"

没过一会儿，妻子好像又想起了什么。

"孩子们的姥姥现在怎么样了？"

"岳母不是早就过世了吗？"

"那我的两个姐姐呢？"

"姐姐们也都离开人世了。"

"你骗人！"

她是发自内心地感到惊讶。

她连吃惊的样子都是那么可爱。

"要是你睡不着，我给你唱摇篮曲吧。"

"嗯。"

从莫扎特到勃拉姆斯，再到舒伯特……我把自己会的都唱了一遍。

"还有其他风格的，要唱吗？"

"不用了。晚安。"

"晚安。"

不久，耳边便传来了妻子熟睡的鼾声。

不知不觉地，我也进入了梦乡。

恍惚间，仿佛又回到了当年新婚宴尔的时光。

我们白天多半是看电视度过的。

和子最喜欢看东京电视台的一档旅行综艺节目——《本地路线巴士换乘之旅》。

在那个为人所熟知的节目里，精明强干的太川阳介被搞怪的搭档蛭子能收折腾得够呛。

那个节目有那么好看吗？妻子一遍又一遍地央求我，说想录下来反复看。

每次，她都看得津津有味，两眼放光。

有时候碰到以前看过的片段，我会在心里暗自嘀咕：

最后就是那俩人赶不上巴士,得走上好几个小时呗……

尽管如此,我还是乖乖地陪着她看。

因为我希望她开心。

妻子对护理人员说的那些温柔话语

　　天气晴好的日子，我会用轮椅把和子推到窗边。而后，两人透过窗户，向外眺望。

　　远处是富士山，山腰处春霞缭绕，简直如梦似幻！

　　"快看，那儿——"

　　"哇，看到了！好美啊——"

　　眼前的这一幕美景让妻子乐得像个孩子似的。

　　在"老人之家"，每周三和周五上午是我们固定的散心时间，时长三十分钟左右。

　　以前，妻子最喜欢出门了。

　　如今，她比以往任何时候都更加渴望走到户外，感受暖暖的阳光，呼吸新鲜的空气。

只是天公不作美,散心计划泡汤了,这对我们来说无疑是个沉重的打击。看她坐在轮椅上无事可做,一副落寞的样子,我心里说不出有多难受。

而要是在散心时间以外的日子,遇到好天气,我心里便不由得蹿起一股无名火。不知从何时起,我俩酸溜溜地称那样的好天气为"白瞎的大晴天",还会赌气似的瞪着眼对天空做个鬼脸,以杀杀它的威风。

如果散心的日子如愿放晴的话:

"哎哟,天空可真漂亮!"

"今天的空气真好!"

我会一遍又一遍地重复这些多余的话,像个傻子似的,对着空气唱独角戏。为的是给妻子加油鼓劲儿,希望她振作起来。

这里位于镰仓边上。现代风的住宅,既不像普通公寓,也不像高级的集体公寓鳞次栉比,当中还夹杂着几处旧地主的农舍,谈不上有什么古都的韵味。硬要说的话,大概就是新田义贞[1]曾率领讨幕军路过这儿吧。

散心时,我走在前头,身后是一名护理人员,推着轮

---

[1] 新田义贞:镰仓幕府末期到南北朝时期的名将,主要成就是辅佐后醍醐天皇,消灭镰仓幕府。

椅上的和子。护理人员一路守护着我们夫妻俩。

走了一会儿,渐渐地,废弃铁路前方的一个儿童公园进入了视野。

那里有一棵染井吉野樱。

当上野公园、隅田堤,还有飞鸟山等地的花讯传得热火朝天的时候,那棵染井吉野樱,以一种不谄媚逢迎、不乱于心的姿态,独自绽放,独自美丽。

每年春天,毫不例外地,是它给我们这些手脚不灵活、鲜少外出的老人发出信号:春天来了!

散心路线上有一段蜿蜒曲折的路,路面凹凸不平,台阶随处可见。有些羊肠小道上还有车辆通行……推轮椅的护理人员得花费很多功夫。

而对此,轮椅上的妻子恐怕比谁都心知肚明。

我深知,她仅剩的认知能力依然足以让她因自己腿脚不便给别人添麻烦而感到过意不去。

在外面绕了一圈后,护理人员推着轮椅上了回"老人之家"的最后一个斜坡。这时候,一直默不作声的妻子开了口。

"谢谢你。"

紧接着,说话费力、发声困难的她,又吃力地从嗓子里挤出一句。

"后面，我来推就好。"

此时，正用抹布擦拭轮椅轮子的护理人员猛地抬起头来："哇，真棒！加油哦！"

只见妻子慈祥的脸上流露出了温和的笑意。

住进"老人之家"后,完成三大挑战

因为和子以前很喜欢开车出去兜风,儿子就索性换了辆配备电动座椅的车。这样一来,腿脚不便的和子也能出行无忧了。

每当一月一度的"兜风日"到来时,儿子就会从甲府开车过来,带我们去湘南海岸兜上一圈。午餐就去旋转寿司店之类的解决。下午再到叶山的近代美术馆,泡上一壶芬芳甘冽的茶,眺望一片辽阔无垠的海……整个人的心情都变得好了起来。

但是,一想到以后再也不能跟和子一起出去旅行了,我就感觉心里空空的,像缺了一块似的。

"老人之家"的工作人员真的很包容我们,现在也依旧对我关照有加。

院里的老人做些出格事，这对工作人员来说是最让人头疼的。

道理我都懂，可对于和妻子出去旅行这件在工作人员看来十分出格的事，我怎么也不能死心。

哪怕在附近都行，我就想跟和子出去旅行。

后来，我终于物色到一家初创企业。他家打出了"照护无忧，跟着旅行助手一起出游！"的广告语。

好事宜早不宜迟！我连忙打电话联系。一通电话过去，对方就立马张罗起来了。由于这种响应速度，我认为他们值得信赖，于是索取资料，开始计划起去往小田原的一日游。

从交通工具到尿布的更换场所，再到误咽的预防措施，"老人之家"的工作人员的担忧一一被消除了。晚年之旅终于成行！

时隔四年，再和妻子乘坐东海道线，给我的感觉还是那么新鲜！

每次上下车，车站的工作人员都会热情地为我们提供帮助。

资深护理人员Ａ子小姐紧随和子左右，一路上替她消闲解闷。要知道，我虽然固执地推动着计划的执行，但也做好了计划落空的准备。而当我看到妻子为眼前景色的变化而雀跃不已的天真样子时,突然就有了一种落泪的冲动。

终于抵达小田原了!

正当我四处张望,心里琢磨着要不就吃生鱼片时,车站里的一家立餐式荞麦面店进入了我的视线。

那家店肯定是没有生鱼片的,不过摆下一张轮椅好像不成问题。

打定主意后,我们三个人就进入店里。

没想到妻子胃口大开,这太出乎我的意料了。

瞧她,正吸溜着乌冬面……

我在心里暗自庆幸:来了真好!

遗憾的是,远游仅此一次,再无可能。

去小田原的一日游大获成功后,我又向两件事情发起了挑战。

其一是上美容院。

我使用收费服务,请人带妻子过去做头发。

把白发染成黑色后,妻子整个人的精神面貌看起来改善了许多。

本身就热衷打扮的和子,别提有多高兴了。

其二是选举。

很多人进养老院后，因身体不听使唤而放弃了投票。不过话说回来，养老院也没那么多人手把院里的老人都带到投票站。大规模的养老院暂且不说，至少我们这里，就没有入住者去投票的先例。

选举是大事啊！我拜托工作人员开辆装得下轮椅的车，带我和妻子去了投票站。

所幸我俩都成功投出了宝贵的一票。

对于为我们三次打破院内常规的工作人员，我心里感到很过意不去。

但是，我也只是想看到和子的笑脸而已。

希望他们能体谅我的爱妻心切。

日渐衰弱的妻子

"老人之家"的日子如水一般地逝去,安静而又恬淡。

哪怕一天也好,我就想一直跟妻子在一起。

妻子坐轮椅已经是既定事实,但力所能及的事情,能做就做吧。

我会请专业的医生来给我们按脚,还会在室内跑步,每天不落地做踢球练习……

而妻子会练习发声,用的曲子是她最喜欢的《罗勒莱》。训练师的角色基本是由我来担任。

"就是这样,太棒了!你的声音真好听!"

听到这话,妻子脸一红。看到她那个样子,我不由得心生怜爱。

时间在不可阻挡地流逝。

在与时间的拔河中，拼命想把生命的长绳往回拉，可还是被对方一点儿一点儿地给拽了过去……

再怎么努力也敌不过时间，这是早就注定的结局。

慢慢地，和子的面部做不出任何表情了。

她还能说"早上好"和"晚安"之类的问候语，也能理解吃饭和洗澡的意义。

只是，她再也笑不出来了。体力和认知能力也日益衰退。

她脸上丰富而又迷人的表情上哪儿去了？

等着，我一定会帮你夺回来的！

工作人员见我行事过于激进，便进来制止了我。

"你这么烦躁可不行，你得更温柔地守护她才行。要是你自己也倒下了，这可怎么办？偶尔也到外面呼吸一下新鲜空气吧！"

那我就恭敬不如从命了。

把妻子交给工作人员照顾后，我便出了门。

因为担心尿布涨价，后续经济负担加重，所以我买了张彩票想碰碰运气。

我还光顾了一家山林小屋风格的咖啡店，很早以前我就想来一探究竟了。我坐在吧台上，点了一杯混合咖啡。

一杯咖啡下肚后，顿时感觉体内涌入了一股清新的气流。

过了一会儿，我回到了"老人之家"，只见妻子被工作人员看护着，静静地发着呆。

我请工作人员把和子推回了房间。我们又回到了平常的二人世界。

我拉着妻子的手，把一张活力十足的笑脸凑到她跟前，说了句："我回来了。"

妻子微微点头，被我拉住的那只手轻轻用力，以此来回应我。

彩票被我放进了小柜子的抽屉里。

中没中奖？我给忘了。

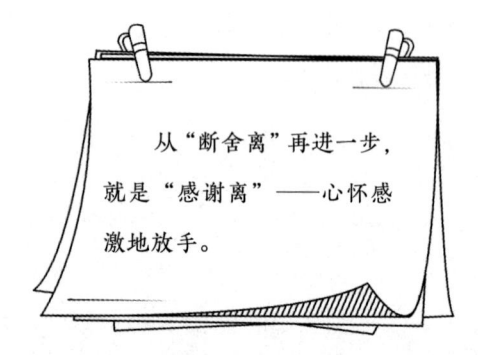

从"断舍离"再进一步,就是"感谢离"——心怀感激地放手。

和子生命的最后时刻

2018年7月20日,星期五。

那年的梅雨季早早地结束了,较往年提前了二十二天。兴许是这个原因,一早,太阳便毒辣辣地烘烤着大地,天气很是炎热。

那天是一月一度的"湘南海岸兜风日",妻子真是盼了又盼。

在儿子来接我们之前,妻子得先换好尿布。

正当我在房间里等待一切准备就绪时,在楼下房间给妻子做出行准备的护理人员,突然一个箭步跑了进来,气喘吁吁地说道:"夫人的脚肿得厉害,情况不妙。马上送医院吧。"

听到这句话，我立马赶了过去。进门一看我惊呆了，我从没见妻子的脚肿成那样过，像发面馒头似的。

兜风计划随即夭折。和子被救护车送进了医院。

诊断结果是双脚骨折。

上了年纪的人，骨头会变薄变脆，没准儿是和子什么时候一不小心把脚弄折了。

这样一来，只能手术了。不过，毕竟和子是高龄患者，况且麻醉也有一定的风险，这让医生大伤脑筋。

我是希望妻子做手术的。我想赌一把，我赌手术会让妻子的病情多少有好转的。

最后，医生做出了决定："不管怎样，还是试试手术吧。"

万幸的是，手术很成功。

但和子的骨头比预想的还要脆弱。

术后做康复训练，得在床和轮椅之间移动，但和子的身体怎么也不听使唤，躺在床上的她根本无法动弹。

而后，和子在做手术的那家医院又接受了两个月的治疗。但很遗憾，情况并没有变好，只能静观其变。9月20日，和子转到了一家长期疗养型医院。

打那以后，我会从"老人之家"过去探望她。

妻子还是老样子,从来不哭丧着脸。

只是,她有时会向我讨水喝。

"水……想喝水。"

虽然我很想让她喝,但是不行。

一旦呛到,后果不堪设想。

我能做的,就是用棉花蘸水,给她润一润嘴巴周围。

看到她那可怜的样子,我真的心如刀绞。

此外,妻子也不能再用嘴巴进食了。

她每天的体力补给就是一瓶点滴。换针很痛。上了年纪,血管会变硬、变厚。

最初是用粗针扎入静脉,但是因为妻子疼得不行,所以就换成了细的。尽管如此,妻子还是拼命地想要拔掉针管。护士灵机一动,便往脚上扎去。

我隐约听到妻子小声地恳求道:"疼……别,快停下……"

那一刻,我的心都要碎了。

每次去探望时,我也只能远远地看着和子,看着她日渐虚弱的样子。

探望时间快结束时,我依依不舍地向和子告别:"我要回去了哦。"

"嗯,知道了。再见。"

有时,妻子会送我到门口,有时她会用尚能动弹的左手紧紧抓住我的手不放。

每当这个时候,我会慢慢地把手抽回来,说一句"我会再来的",然后默默地离开。

分别的时候,她有时会冲我笑,有时则一脸冷淡。

转院大概在半年后——2019年3月18日。

我去病房探望和子。

离开时,我向床上的妻子伸出手:"再见了。我会再来的。"

但是,平常总是握着我的手"嗯,嗯"地点头说"好的"的和子,那天却没有任何反应。

她仰面朝天,双眼紧闭。

我一看,她正皱着眉头。

也许是她累了。

"我回去了哦。"

我又说道,然后悄悄地离开了病房。

那成了我见她的最后一面。

第二天上午,医院打来电话告知,妻子的情况危急。

3月19日12点02分,妻子去世了,享年八十八岁。

那是春日里的傍晌时分,天朗气清。

和子去了天国。

我是在12点05分赶到的。

那时,和子的身体还有温度。

但不知为什么,她的脸上却盖着一块白布。

"不!你们不能这样!"

我掀开白布,对着沉寂无声的妻子说话。

"和子,是我啊!"

妻子恬静地睡着。

突然,我想起了一件事。

妻子打点滴时,手臂不能随心所欲地活动,这时我总会给她挠挠头。

"啊,就是那里。孩子爸,真舒服……"

我记得她总是眯着眼睛,一副很享受的模样。

我挠了挠妻子的头。慢慢地,慢慢地挠着她那长满了白发的头。

"怎么样,和子?舒服吗?"

结果怎么着,和子的唇间分明吐出了一口气来!

是我的错觉吗?是我精神失常了吗?

不，不是错觉，也不是精神失常。

"孩子爸，谢谢你。"

我分明听到了和子的声音。

以家族葬的形式送别妻子

我决定不搞平常葬礼那一套。

那一套流程我折腾不来,也不想折腾。

为什么要以那种形式,来承认陪伴了我六十二年的最爱就这么离世了呢?

和孩子们商量后,我决定直接把妻子从医院送到提供火化服务的殡仪馆,然后以家族葬的形式为妻子举行简朴的葬礼。

第二天——3月21日,春分日的下午。

儿子、儿媳、女儿、女婿和孙儿们,我们大家聚在一起,纷纷向躺在棺内的和子告别。

妻子虽没留下什么遗言,但爱打扮的她又怎会喜欢白色的逝者装束?

我们为她穿上了她在合唱团的表演舞台上穿过的一条黑金拼色的礼服。

登台表演那会儿,她已经六十多岁了。虽然暗地里我多少觉得有些花哨,但是舞台上的和子是那么光彩夺目。妻子犹如太阳般明亮耀眼。用那件礼服来装点她最后的舞台,再合适不过了。

把那件礼服当作妻子"最后的礼服",是儿子的主意。也是他,从大船的公寓里找来了那件衣服。我觉得这个提议甚好。

化好了逝者妆的和子,看起来很美。

"你看起来很漂亮哦,和子。"

这话堵在心头,说不出口。

忽然间,我注意到了妻子的鼻子。

"你的鼻子可真好玩儿。"

"是呀。我这鼻子可是遗传自孩子姥爷的,这叫'蒜头鼻'。"

我脑海里浮现出昔日我俩在荞麦面店不经意的对话。

我目不转睛地盯着和子的鼻子,一直到棺柩被钉死的那一刻。

那是世界上最可爱的鼻子。

所谓的"拾骨之礼",我也是拒绝的。

让至亲拾起和子的骨头,然后一点儿一点儿地放到骨灰坛里,这太荒谬了。

因为活得够久,所以包括父母的葬礼在内,我已经经历过好几次葬礼。我可不想以这种形式跟和子见面。

"够了。就这样吧。之后的事就拜托你们了。"

孩子们也很体谅我的心情。

在殡仪馆拍了张全家福后,我先行一步,回到了大船的公寓。

和子心心念念想回的不是"老人之家",而是大船的公寓。

傍晚时分,化作一坛骨灰的妻子在儿子、儿媳和两个孙儿的守护下,到充满回忆的湘南海岸转了一圈后,回到了公寓。

因为还没有牌位,所以我把父母和岳父岳母的照片也摆一块儿,然后手忙脚乱地准备了一些祭奠用品来迎接久违归来的妻子。

时隔七年零四个月,妻子终于回到了心心念念的家。

对了,我还给妻子供奉了水。在医院最后的那段时光里,她甚至都没能正常地喝口水。

化作一坛骨灰的和子,显得格外娇小。

我用手抚摩骨灰坛。

就像在病房里,和子打着点滴时,我挠着她的头那样。

"欢迎回来,和子。"

后来我才知道,那天正好是樱花花讯出炉的日子。

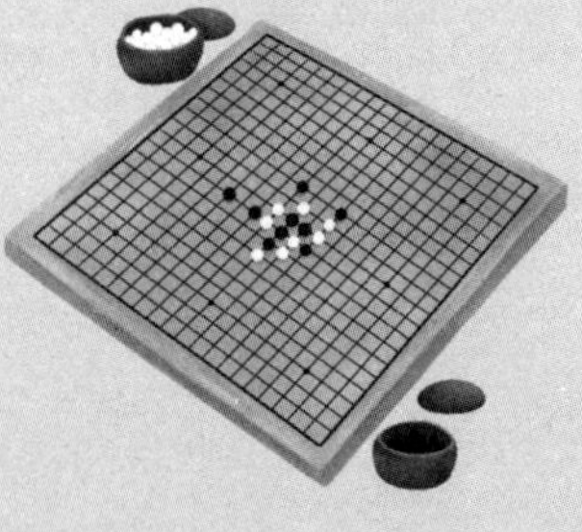

第六章 「感谢离」和「代谢离」

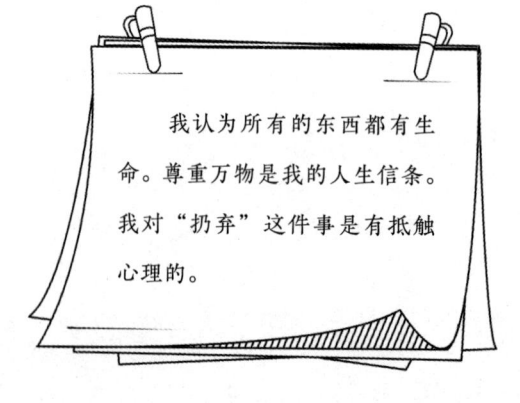

我认为所有的东西都有生命。尊重万物是我的人生信条。我对"扔弃"这件事是有抵触心理的。

走出悲伤的第一步

"和子啊,我来了。"

这一天,我又从"老人之家"来见独守公寓的妻子。

我跟装在骨灰坛里的和子打招呼,然后用手轻轻地拍了拍坛身。

我把神龛上供奉的水给换了,然后打开窗户,通风换气。

没有遗照,那又如何?

只要能感觉到和子的气息就够了。

樱花的花瓣乘着一股暖风,从敞开的窗户徐徐地飘了进来。

我最爱的妻子,已经离世一个多星期了。

孤寡老人的日子太难熬了。

这种心情没办法简单地用"悲伤""痛苦"之类的词来形容。那是生命难以承受之重。

而且，任凭时间流逝，这种煎熬也得不到多少缓解。

我心里只有一个念头，就是想见见和子。

这种内心的孤寂，想必曾经历过丧亲之痛的人都会懂。

受心情的影响，时间的脚步也跟着变得沉重起来。我心里的那面钟，秒针像是被灌了铅一样，怎么也晃不动了。

这样一段至暗的时光，又有谁能够幸免？

我也不例外。

我认为这种时候，停下脚步，整理心情是绝对有必要的。

拨开乌云，才能重见阳光。

历经风雨，方能行稳致远。

我不得不决定自己未来的安生之计。

我完全可以离开"老人之家"，搬回大船的公寓住。

不管怎么说，那里也算是我跟和子的家。

而且，在那儿不必受集体生活的约束，能比在"老人之家"过得更自在、更惬意。

但是，我已经有把"老人之家"当作余生归宿的打算。

因为在这里，一日三餐有人照顾，也无须为洗衣打扫烦忧，日子反倒过得舒心些。

虽然从小跟着母亲打下手，厨房工作和洗衣服之类的家务，我干起来不成问题，但是到了我这把年纪，独居可是够呛。

和子离世后，要保住"空巢"公寓，我还得苦苦地负担电费、燃气费、管理费、固定资产税等各种费用。这显然不太现实。

我这个孤寡老人的余生该如何度过？孩子们也替我担心。

我决定了，把公寓卖掉，把"老人之家"当作真正意义上的"最终归宿"。

"和子，这样可以吗？"

我对着骨灰坛，问道。

这时，从窗户又涌入了一股春风，像是代替她来回答。

进入4月，我向孩子们说出了想要出售公寓的想法。

这恐怕是我人生中最后一次"断舍离"了。

总是停在原地止步不前也不是个办法。我必须振作起来，向前看！

因为我的居民票上登记的还是公寓的地址，所以在卖掉公寓之前，公寓所在地可以帮忙回收废弃物品。

不管怎样,家具什物什么的得赶快处理掉才行。

还有就是"老人之家"里留下的和子的遗物。

总有一天,我会到天国与和子相会。

到了那时,别给孩子们增添负担才好。

所以,至少爱妻的遗物,我得亲手整理。

如今,"老人之家"房间里的床已是形单影只。

妻子的床不见后,整个房间变得空落落的。

地方变大了,心里也就更空了。

我必须现在就着手整理,得摆脱寂寞才行。

午后的阳光暖暖地洒在整个屋子里,我深吸了一口气,打开衣橱。

初识妻子不为人知的一面令我流泪

一打开衣橱，收纳架上陈列的粉红色和米色的衣服便跃入眼帘。

和妻子生前一样，她的汗衫摆放得有些随意。

我拿起一件素净的米色棉衬衫。

顿时鼻尖上传来一股熟悉的味道，真让人怀念。

这些衣服曾带给和子的肌肤温柔的呵护。

对了，每次和子洗澡前，我都会为她准备换洗的衣物。

在"老人之家"，每周可以享受两次洗澡护理服务。

冬天是暖和的法兰绒家居服，夏天是凉爽的棉质汗衫……然后就是换洗衣物的标配：裤子、尿布、袜子、两条洗脸巾和浴巾。

准备好这些东西后,剩下的就交给工作人员,他们会熟练地操作护理仪器,帮忙把妻子送进澡盆里。

和子洗澡时,我就在房间里等着,满心期待着能看到她回来时神清气爽的模样。

后来,我开始热衷于给她进行穿衣搭配。因为我想让她高兴。

我会因时制宜地给她搭衣服。比如,圣诞节就挑一双带绿色花边的袜子;春天到了,就挑件带有郁金香图案的毛衣……

我不知道和子是否明白我的用意,但她在着装上给予了我完全的信任。她从来不曾闹别扭说"不穿,不穿"。

世事难料,想当初我还被她说过:对自己的着装打扮上点儿心!

我要亲手把我最爱的妻子打扮得漂漂亮亮的!

回忆起那段时光,我心中百感交集。

我还是狠不下心。要我丢掉那些衣服,我做不到啊!

我轻轻地关上了衣橱门。

忽然间只觉得眼前一片模糊,泪水挣扎着涌出了眼眶。

这样的场景,日复一日地上演。

每每打开衣橱,我都下不去手。

今天也做不到吗?

我盯着收纳妻子汗衫的架子,叹了一口气。

突然,我注意到衣服里塞着一只茶色的包,看着挺旧的样子。

和子有这种包吗?

我把包给拽了出来,往里看了一眼,然后翻出来一本笔记本,上面写满了密密麻麻的数字。

那是合唱团的会计账本。

是和子的笔迹,没有错。

话说,和子曾跟我提过,她负责社团的会计工作。

"孩子爸,这个月的家用有点儿不够,请给予资金支持!"

"真拿你没办法啊!"

我脑子里浮现出临近发工资前,我们家经常上演的一幕。

和子明明在资金筹划方面不是很灵光的,可她作为社团的一员,却愿意努力去尝试做自己本不擅长做的事。

"你呀,这不是做得挺好吗?"

我不由得咕哝道。

然后,我从其他的纸袋里翻出了和子写给我父母的信,足足有好几捆呢。

频繁转职让我们一家跟老人家聚少离多。为了让他们安心，和子真诚地给他们写信汇报家里的近况，还在信里附上了照片。母亲收到和子的来信，肯定高兴坏了，这才把信都保留了下来吧。

当初从大船的公寓搬往"老人之家"时，和子估计是把这些当成别的什么行李搞混了吧。对于妻子给我父母写信这件事，我之前完全不知情。

我从来没提过要给母亲和岳母写信什么的。

不过，这倒像妻子的作风。想当初，她每次张罗搬家时都一副若无其事、云淡风轻的样子。

和子，谢谢你。

我的眼眶不自觉湿润了起来。

"哈哈，我是不是挺厉害？"

我的眼前浮现出和子得意的笑脸。

是的，你真了不起！

我可不能扯你的后腿。

要是见我哭哭啼啼的，和子会担心的。

我希望她一直笑靥如花。

终于，我把手伸向了妻子的汗衫。

我向一件米色的汗衫低头致意，随后把它装入袋子里。

"谢谢。"

谢谢你曾经呵护着我最爱的和子的珍贵肌肤。

接着,是那双带绿色花边的袜子。

还有和子夏天穿的 polo 衫。

我们开车去叶山的海岸边上兜风时,妻子就穿着它。

当时,和子吹着风,一副悠然自得的样子……

"谢谢。"

谢谢你提升了我最爱的妻子的气质。

"谢谢,再见。"

我向妻子的衣服一一低头致意,并把它们都装进了袋子里。

其间,我的脑海里闪过几个字——"感谢离"。

从"断舍离"再进一步,就是"感谢离"——心怀感激地放手。

嗯,这个词不赖!就它了!

我心里那座因和子离世而停摆了的时钟,好像又动了起来。

与物品的分别只是物质上的分离。从精神上说,我们永远在一起。

"代谢离"——放手,才能重新开始!

自那以后,我日复一日埋头于"感谢离"的工作。

不过,有时我也会遇到难以突破的瓶颈。

果然,还留着呢。

留下来的那些衬衫、大衣还有五颜六色的围巾,这些还留着和子的温度呢。

我狠不下心放手。

心情就像钟摆一样摇摆不定。

因为喜欢打扮,和子的衣服特别多。

她喜欢粉红色和深蓝色。

病倒前,她最喜欢购物了。

她似乎格外关照那种私人经营的小店。

这一定是她在用自己的方式支持那些努力经营的店家吧。

内衣和袜子,除了准备泡澡换洗的衣物时,我鲜少看到,所以才能够比较顺利地完成"感谢离"。

但是,衬衫和外衣什么的经常见她穿,这对我来说意义就不一样了。其中包含的回忆,是鲜明而深沉的。

这种时候,我绝不会勉强自己。

"感谢离",并不是一件要违背自己的意愿去做的事。

当痛苦和寂寞的情绪占了上风,又谈何感谢?

当我内心挣扎,无法痛下决心时,我会把那些衣服暂时放到一边。

继而我把目标转向那些看着就用了很久的东西。

就拿这件睡衣下手,怎么样?

瞧,领子都磨破了。和子,你可真厉害,能把它穿成这个模样。

"既然已经'出息'到了这个地步,就该'高升'了。辛苦了。"

这里引用妻子的金句是恰到好处的,我把它装进了袋子里。

不可思议的是,处理完一件后,我的心情就会变得轻松一些。

等我去了天国,一起去买新的,怎么样? 和子,你再等等我。

我试着在心里和妻子说话。

处理完一件,又来一件。

这难道就是所谓的"新陈代谢"吗?

那么,这就是"代谢离"啊!

放手,让自己重新开始!

嗯,一切都会越来越好的!

阴郁已久的心情逐渐变得明朗起来了。

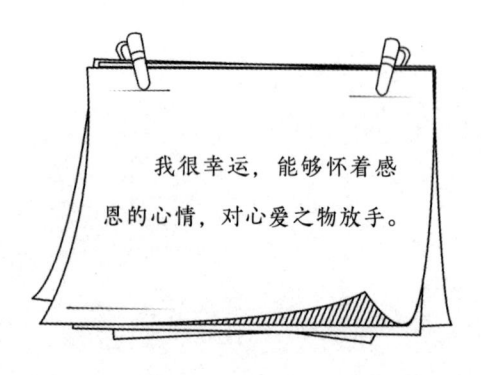

我很幸运,能够怀着感恩的心情,对心爱之物放手。

道不尽的"谢谢"

"感谢离"快进行一个月了。

最后剩下的,都是些和子喜欢的衣服和小物件。

我还是想跟她多待一会儿。

我还想多感受一下和子的气息。

深蓝色毛衣、红色格子开衫、蓬松的羽绒服、美美的围巾、手感很好的擦手巾……

我从剩下的衣物里又严格挑选了几件,打算把它们处理掉。

我认为所有的东西都有生命。尊重万物是我的人生信条。我对"扔弃"这件事是有抵触心理的。

不过，听说最近各地也帮忙回收衣服。

这样一来，和子的衣物就不至于沦落到被当作垃圾处理，落得被运到焚烧炉燃烧殆尽的下场了。

说不定兜兜转转，妻子爱穿的衣物会流转到某个有缘人的手里，被好好地穿戴。

曾经呵护了妻子的肌肤，提升了她气质的衣服，这次会给谁送去温暖呢？

多么棒的事情啊！谢天谢地。

我心里有道不尽的"谢谢"。

与物品的分别只是物质上的分离。从精神上说，我们永远在一起。

我们会一直、一直在一起。

总有一天，我们一定会再相见。

和子，你我重逢之时，我会送你更棒的礼物！

我心里一直盼着那一天的到来。

"谢谢你。真的非常感谢。再见。"

把最后一件要处理的衣服装进了袋子里。

我心里充满了无尽的感恩。

我小心地抱着袋子，钻进了一辆出租车，然后告诉司机大船的地址。

我要把它们搬到公寓管辖区的回收物品存放处。

出租车在河边道上开着,然后顺利地往主干道驶去。

平时看惯了的风景,不知为什么今天看起来有些不同。

这条路,我还能走上几回?

很快,地球上就再也没有河崎启一的房子了。

这样一来,我也落得一身轻松。这种感觉也不赖,不是吗?

我已经没有什么顾虑了。

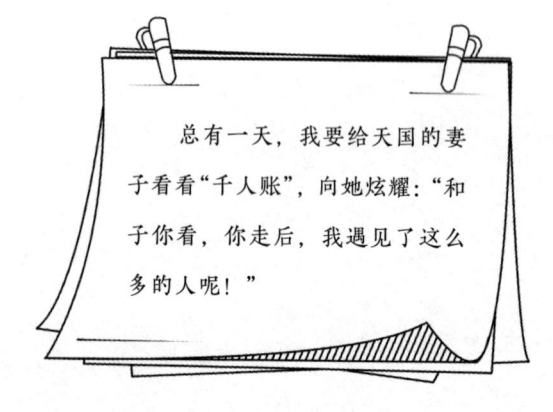

总有一天，我要给天国的妻子看看"千人账"，向她炫耀："和子你看，你走后，我遇见了这么多的人呢！"

"总有一天"终究没有到来

对妻子的遗物进行"感谢离"的同时,我也开始一点儿一点儿地整理自己放在公寓里的东西。

虽然当初搬进"老人之家"时,已经处理得七七八八了,但还是留下了一些意想不到的东西呢。

搞笑的是,之前我和妻子进行了一趟神秘之旅,结果俩人一时脑热,买回了三个托马斯机车的模型。我们嘴上说是神秘之旅,其实就是到附近的伊豆修善寺走走罢了。

那是我们在一个叫作英国村的主题公园里冲动购物的"战利品"。也许是在景区里看得眼花缭乱,我们一时被冲昏了头脑。不过当时应该是爱不释手的吧。

说不定,和子还想着有一天要送给孙儿呢。

但是,"总有一天"终究没有到来。年难留,时易损,时间就这么过去了。

对了,还有一堆录像带。

少说也有一百来卷吧。

以前买的时候老想着:总有一天要看的,闲来无事的时候可以看看。结果却都没怎么动过。

要看录像带,就得忍住不做当下想做的事情,专门挤出时间来看。有时候想看书,就只得把看录像带的事往后推。渐渐地,推着推着,看录像带的事就没影儿了。

为时虽晚,但我总结出了一个道理:到头来,"当下"还是比"总有一天"来得重要。

录像带和托马斯都处理掉了。

真是一笔不菲的学费。

然后,还有照片。

我把照片也一并做了"感谢离"处理。

包括婚礼的照片在内,所有的都被我处理掉了。

本书没有登出我和妻子年轻时的照片,那是因为照片都被我以"感谢离"的方式处理掉了。

照片全部都在我心里存着呢。

和子穿着新娘服、蒙着白头纱时美好的样子,穿着围裙踏踏实实地操持家务的样子，还有帅气地握着方向盘的样子……和子所有的样子我都记得，全部都记得。

所以，没有关系。

不过,若有来世,若还结婚,我还是会选择娶和子为妻的。

再见了,"Wu De"

对了,我把退休后奖励自己的那把座椅"Wu De"也处理掉了。

本来我想把它搬到"老人之家",放在房间里用的。奈何它"身经百战",坐垫部分已经被我坐出了一个洞,木头也被虫子给啃坏了。

你要问我对它是否还有所留恋,答案是否定的。

换个说法,应该是我控制自己不要对它有留恋。

当然,我心里也有不舍,但我心满意足,别无他求。

对"Wu De",我没有留恋,唯有感谢。

不舍可以,但不能过分执着。

不管是物品,还是人际关系,过分执着都会使自己的身心被束缚住。

自己痛苦，对方也痛苦。

我交代儿子帮我处理"Wu De"。

伴我度过很长一段退休生活的伙伴，如今也迎来了可喜可贺的"高升"之日。

"这么长时间，辛苦了。谢谢你！"

我在心里为它送去热烈的掌声。

我很幸运，能够怀着感恩的心情，对心爱之物放手。

毕竟和子就没我这么幸运。想当初，她并没有这种心理缓冲时间——车和三角钢琴都是。

她那时肯定很痛苦吧。

我得把她心爱的东西都列入天国的购物清单里！

我的文章在《朝日新闻》上登出！

不久后，日本正式进入了令和时代。我的"感谢离"之旅也进入最后阶段。

在这一个月里，我勇敢地直面了妻子的遗物和自己的未来。

虽然有时候很痛苦，很寂寞，甚至悲伤到无法呼吸，但是，从"感谢离"到"代谢离"，经历了这两个阶段后，我感觉我的心灵获得了很大程度上的救赎。

托"感谢离"和"代谢离"的福，我的负面情绪随之减轻了一些。

在整理我自己的东西时，我发现了一个用来存放剪报的袋子。当我把里面的东西翻出来时，突然有一张纸，在空中悠悠地飘荡了一会儿才掉了下来。

那是《朝日新闻》的专栏《男人的叹息》的征稿消息。之前上随笔课的时候，周围的人都劝我不妨挑战一下。兴许是那个时候剪下来的，上面还注明了"投稿须知"。

我心想：要不然，我写写这次的经历吧？

似乎有一只手在牵引着我……我伏到案前，对着稿纸便动起笔来。

我忠实地记录了自己与妻子天人永隔后的心情。稿子是否被采用，这是其次。重要的是，我觉得写作可以实现自我拯救。

目前，我进入了"代谢离"的阶段。

我把一时兴起写就的文章投给了《朝日新闻》。

不久后，我接到了《朝日新闻》打来的电话。

天哪！我已经无法用语言形容当时那种又惊又喜的心情了。

耄耋之年投的稿子居然要登报了！这是我有生以来的第一次啊！

我马上向和子报告了此事。

虽然没有神龛和牌位，但桌子上摆了一张一家人围着和子的照片，所以我就对着那张照片说了。

"《朝日新闻》采用了我写的稿子！我厉害吧？"

不过，在5月19日的刊载日到来之前，我心里既兴奋又不安，同时还有些半信半疑。

自从搬到"老人之家"后，我就没有订阅《朝日新闻》了。

我心里有些拿不准，真的会登出来吗？

当天早上，我乘坐巴士到大船站，随后在车站的报摊上买了份报纸。

最近一段时间，我都是通过网络关注新闻。纸质的《朝日新闻》对我来说是久违了。

我把钱递给店员，就在我拿起报纸的那一瞬间，尘封在脑海中某个角落的记忆忽然间就翻涌了起来。

"啊！"我在心里暗叫了一声。

"给你，启一。"

新婚时期，年轻美丽的和子每天早晨都会把《朝日新闻》递到我这儿。

时隔六十三年，我想起了那一段过往的时光。

在目黑的职工住宅里，当闹钟里响起那首《安妮·萝莉》的旋律，开启新的一天后，比我先起床的新婚妻子和子会从外面的邮筒里取回报纸，然后放到床边。我从小就养成了阅读《朝日新闻》的习惯，所以成家之后也毫不犹豫地订阅了它。

对我来说,新婚期的早晨,是甜美的音乐旋律,是报纸散发出的油墨味儿。

新婚期的每一个清晨,耳边和鼻尖都充斥着幸福感。

我平复好心情后,连忙打开了专栏版面:"登出来了!"

真的登出来了!

生活版面的《男人的叹息》专栏上,一则醒目的标题《感谢离·永世夫妻》跃入眼帘。

"河崎启一"的名字也赫然入目。

到了这把年纪,竟然还能有幸以这样的方式崭露头角。

"恭喜你,孩子爸!"

我仿佛听见了妻子激动而又兴奋的声音。

这边,我的"代谢离"工作正如火如荼地展开。

那边,西宫樱花FM的DJ田中千代野小姐在节目中朗读了我的文章。紧接着,我的文章登报后没几天,我就接到了《朝日新闻》文化生活新闻部生活组的记者森本美纪小姐的电话。

"河崎先生,您的投稿引起了读者们的强烈关注。请务必让我在报纸上为您做一期特辑吧。"

"真的吗?"

这个提议实在是太棒了！我非常激动，以至心脏跳得很快。

　　不久后，森本小姐就来"老人之家"拜访我了。我一边努力平复剧烈的心跳，一边接受采访。我一开始很紧张，不过好在森本小姐是个很好的聆听者，在她的引导下，我们的对话是如此欢乐，以至我们都忘记了时间。

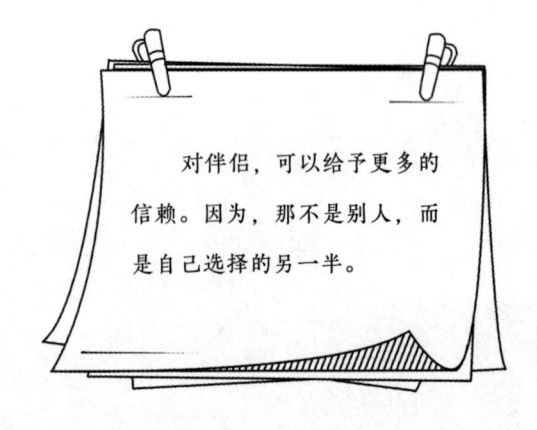

对伴侣，可以给予更多的信赖。因为，那不是别人，而是自己选择的另一半。

"断舍离"倡导者山下英子老师给了我绝佳的建议

光是《朝日新闻》特意来采访我,就已经让我深感荣幸了。没承想,在《朝日新闻》6月27日的晨报生活版面上登出的特辑报道中,"断舍离"的倡导者山下英子老师对我的文章不仅满是溢美之词,并且还做了评论!

老师在报道中写道:读完文稿,不禁流泪。

这可真是折杀我了。

而后,为了做 BS 朝日台的一档人气节目《我们家"断舍离"了!》的采访,老师还来"老人之家"专程拜访了我。

老师对我这个失去了老伴儿的孤寡老人很体贴。她的温暖包裹着我,让我心里暖洋洋的,感觉就像做了一场梦一样。

不仅如此,老师还把我一直留在身边的妻子的毛衣和裙子小心翼翼地叠好,并收纳了起来。

她还把那些五颜六色的围巾一条一条地、很有条理地收进柜子里。收纳后的柜子看起来十分美观,令人惊叹。

不愧是专业人士的手笔!我算是大开眼界了。

我被老师巧妙的收纳手法和最后呈现出的美观效果给折服了。

老师的脸上挂着亲切的笑意,对我说道:"围巾和擦手巾拿去用吧。不管是擦玻璃还是做其他什么用途,都可以的。"

原来如此。也许这才算是对妻子最实在的缅怀吧,而且还能保住那些遗物的价值。

"好的,我会的!"

我欣然接受了这个提议。

"七年过去了，内心停滞已久的时钟终于开始摆动"

特辑报道让我的"代谢离"工作进入下一个阶段。

夏天，双叶社的汤口真希老师破天荒地找我谈出版的事情。有一位名叫神谷仁的编辑也加入我们的谈话中。神谷先生虽然很年轻，但对战前战后的昭和风俗却如数家珍。整个谈话过程笑声不断。

难得的是，有一位女性读者读了我的文章后，成了我的粉丝。

她的丈夫在七年前去世了。作为一个单身母亲，她独自抚养着上小学的孩子。

有一次，我们偶然遇见。她哽咽着对我说："已经过去七年了，可我却一直不敢碰丈夫的遗物。读了您的'感谢离'和'代谢离'之后,我内心停摆的时钟又开始动起来了。我终于可以鼓起勇气面对丈夫的遗物了……虽然进度很慢,但是我已经着手做'感谢离'的工作了。"

这话听得我都流泪了。

和子已经离世快一年了。

我没想到还能认识这么多人。人生啊,真是处处有惊喜。

当然,能有这些新的际遇,我很高兴,高兴得不得了。

以前在银行担任融资专员的时候,比起敲计算器,我还是更喜欢和客户打交道。正是那时的我,成就了现在的我。

一百岁前，挑战"千人握手大作战"

托大家的福，我的"代谢离"工作越发得心应手。

去年，也就是 2019 年 11 月 20 日，我终于跨进了鲐背之年。

姑且假设自己能活到一百岁吧。

那么，从现在开始算的话，我还有十年的时间呢。

我为自己制定了一个目标：一百岁之前，我要认识一千个新的人！

算下来，就是一年认识一百人，三天认识一个人。

不过，"认识"二字过于笼统。其实，它可以有很多种形式。

只是打招呼的关系算"认识"，一边喝茶一边谈天说地也算"认识"。

我琢磨着要以什么标准来界定"认识",而后得出了两个标准。

其一是询问对方的姓名,其二是与对方握手。

即使无法相见,可要是能通过书信等形式实现"心灵的握手",在我这儿也算"认识"。

我把这个挑战叫作"千人握手大作战"。

啊,请不要误会,这跟武士的"千人斩"称号可是风马牛不相及。"千人握手大作战"不是为了追名逐利,而是我与一千个人的因缘际会。

已经有三十人左右登记在册了。这份名单,我谓之"千人账"。

有一次,在大船站前的书店,有一位好心的店员在我给 IC 卡充值的时候引导我坐下。我看了眼他的名牌,跟他道了谢,回头便把他记录下来了。

总有一天,我要给天国的妻子看看"千人账",向她炫耀:"和子你看,你走后,我遇见了这么多的人呢!"

若有来世，若还结婚，仍要娶和子为妻

2019年5月10日，和子离开了家。

儿子、儿媳和两个孙儿护送妻子的骨灰坛前往熊本，那里有座菩提寺。第二天，妻子的骨灰被安放在寺内的河崎家坟里。

而我，就一个人在大船的公寓里默哀。

5月25日，我拟好出售公寓的临时协议。

6月24日，我把家里的空调、窗帘都拆下来，把所有东西都搬走。

我一个人在空荡荡的屋子里转悠，孤独成灾，寂寞疯长。

7月5日，房子交接完毕。

我在心里跟它告别：再见了。谢谢你，我们的家。

8月3日，举行了和子的告别会。

算上亲人，有三十人赶来参加。

有妻子病倒前就认识的一些朋友、邻居家的太太们，还有合唱团的伙伴……

我再次意识到，原来和子这么招人喜欢，这一点让我感到很骄傲。

告别会的氛围十分融洽。

真好，和子。

关于和子的身后事，很多形式上的工作都告一段落了，我也逐渐回归到日常生活中。

最近，受朋友的邀请，我每个月有一两个白天会到小酒馆唱歌。这也许是出于他们对我这个孤寡老人的关怀吧。

在小酒馆，为了提振精神，我会喝上一杯中杯扎啤，然后把镰仓本土的歌曲《镰仓余晖》，唱上一个小时左右。

偶尔，他们会把我跟一个比我岁数小一半的年轻女性搁一块儿。

当被问到"您今年贵庚？"时，我回答："九十岁。"那位女士听了一脸错愕。

嗯，也许我看起来顶多也就八十来岁的样子吧。

和异性聊天还是很开心的。整个人比较来劲，这就是保持年轻的秘诀吧。

不过，若有来世，若还结婚，我还是会选择娶和子为妻的。

跟和子以外的人结婚，这简直难以想象！

他们问我："那位怎么样？"

我不知道，我也无所谓。

我想见的人是和子。

就算转世，我也想再见到她，我的和子。

年纪大了,"果决地做出判断""该逃跑时就逃跑"成了两大重要的处事准则。还有最大限度地利用一切可以利用的资源也显得尤为要紧。

对伴侣，可以给予更多信赖

其实，两年前的5月，我也犯了脑梗死。

事情大概发生在和子双脚骨折，接受紧急手术的两个月前吧。

一早起来，我就觉得身体不听使唤，整个人明显感觉不对劲。

"老人之家"的工作人员立马送我去了医院，诊断结果是脑梗死。随后我马上办理了住院，接着就在医院度过了两个星期。

不管怎么说，住进"老人之家"后，撇下妻子一个人这么长时间，那还是头一次。

我突然就没影儿了，妻子肯定正在为此哭闹不安吧？

这样会让工作人员很难办吧?

我忧心忡忡。

"老人之家"的工作人员来探望我时,对我说:"夫人的情况好着呢。没问题的。"

我心里的一块石头总算是落地了。

妻子的内心是不安的,这一点毋庸置疑。

但是,她不会表现在脸上,只会自己咬紧牙关,默默忍耐着。

比起因突如其来的住院而惊慌失措的我,她要坚强得多,靠谱得多。

在一起生活的时间长了,我们各自的缺点都一目了然了。

"我的太太,真是一点儿眼力见儿都没有啊!"

"丈夫什么事情都不帮我做。"

夫妻间也许会有很多诸如此类互不信任的事情发生。

在我看来,这绝不是正确的夫妻相处之道。

对伴侣,可以给予更多的信赖。

因为,那不是别人,而是自己选择的另一半。

相信对方,也让对方相信自己。

夫妻本是同心圆,一旦谁出什么状况,没有比另一半更可靠的人了。

所谓的"比翼鸟""连理枝",本就是命运共同体啊!

不过,信任并不等于要去背负彼此的所有。

特别是居家照护,这是一件很吃力的事情。

虽然有段时间,我已经做好了心理准备,下决心要把居家照护妻子这件事进行到底。

但这会让我力不从心。

总有一天,你会被照护搞得焦头烂额、筋疲力尽,一点儿小事就能让你的情绪爆发、心态崩溃。

如果变成那样的话,最后的分别又谈何心怀感恩?谈什么"感谢离"呢?

年纪大了,"果决地做出判断""该逃跑时就逃跑"成了两大重要的处事准则。还有最大限度地利用一切可以利用的资源也显得尤为要紧。

正因为爱着对方,所以不能让自己先倒下。

为了把对伴侣的爱进行到底,请不要忘记这一点。

虽然经济负担比较大,但我庆幸我们夫妻俩一起进了"老人之家"。

有生之年，我始终对世间万物满怀感激之情。在生命的尽头，我将向世间万物道谢、作别。

在天国，也要永远琴瑟和鸣两相依

前面我提到过，我认为所有的东西都有生命，并把"尊重万物"奉为人生信条。

而与我坚守的人生信条背道而驰的"不承认所有的东西都有生命，并视某些东西如草芥"，就属于战争了吧。

遗憾的是，战争成了我青春的底色。

如果再早几年出生的话，也许我会被送往前线，早早地丢了性命。那样的话，我就遇不到和子了。

我庆幸自己的运气真好。

不，我最大的幸运应该是遇见了和子。这是当然的了。

如今想来，我自己从没对妻子说过"你不能这样做"之类的话。

当然,她也从没对我说过那样的话。

我们是非常平等的关系。

之前我还在银行工作的时候,有时我们夫妻俩晚上会小酌一杯。

"喝吗?"

我问和子。

"嗯。"

她高兴地拿起自己的酒杯,兴冲冲地坐到我旁边。

妻子许是得到了军人岳父大人的遗传吧,她的酒量好得出乎我的意料。虽然喝得不多,但她绝对不弱。

有时几杯酒下肚后,眼花耳热的和子会突然一下紧紧地抱住我的手臂不放,然后撒娇道:"孩子爸,我喜欢你!"

我们这一代人不会当面说出"我喜欢你""我爱你"之类的肉麻话,也实在是说不出口。但是,和子喝醉了的样子实在是可爱极了,也顾不得害羞了。

我回应道:"我也喜欢你!"

我打从心底里庆幸:能和这个女人在一起,真是太好了!

即便在晚年时,和子的认知能力下降了,也还是会经常握住我的手,小声地对我说:"我喜欢你。"

一想起来,我就忍不住鼻头发酸,眼角也变得湿润了。

要是我多向她道几句"谢谢",该有多好。

要是我再多对她说几句"让你受苦了,对不起",该有多好。

要是我对她再温柔一点儿,该有多好。

我想你。我想你啊,和子。

我对和子的那份思念之情越来越强烈。最近,我还去了她离世的那家医院,想要寻点儿慰藉。

她住院期间,我会从"老人之家"换乘电车和巴士去探望她。

如今,那里的和子已经不复存在了。

但是,不知道为什么,我就想去看一看。

和子之前住的那个病房住进了别的患者。

也正常嘛。回去吧。

就在我打算从来时的那条走廊往回走的时候,我看到曾经照顾过妻子的护士朝这边走了过来。

"我是在这里住到 3 月份的河崎和子的丈夫。还记得我吗?"

我跟她打招呼。护士想了一会儿,终于想起来了。

"啊!河崎先生。你说的是和子夫人吧。"

我递给她一点儿小礼物和一条擦手巾。

"那个,这是我夫人生前用的东西。如果您不介意的话,可以拿去擦洗手间的镜子什么的。我想我的夫人也会高兴的。"

护士显得有点儿吃惊,但还是微笑着接受了。

"我知道了。我会的。谢谢。"

就这样,和子的擦手巾也迎来了"高升"之喜。

我带着兴奋的心情离开了医院。

和子,你留下来的东西还大有用处哦。

我这样做可以吗?

你高兴吗?

有生之年,我始终对世间万物满怀感激之情。在生命的尽头,我将向世间万物道谢、作别。

掐指算来,我跟和子的婚姻迈入第六十四个年头了。

在天国,我们也要一直在一起哦。

一直、一直在一起哦。

到那边见着面,咱俩一起去买新的睡衣吧。像新婚那会儿,穿情侣睡衣也不错啊!

买件漂亮的吧!

我最喜欢你了,和子!

结束语

我满心以为镰仓的"老人之家"将会是我最后的栖身之所,我会从那儿启程前往和子所在的天国。

然而,世事多变。2020年新年伊始,我突然得到一个晴天霹雳般的消息。

"什么?!因为老化必须拆掉这里?!"

"是的,很遗憾……非常抱歉。"

"老人之家"的负责人在我面前低下了头,脸上满是歉意。

这个地方确实挺老旧了,听闻已经检测出了抗震性不佳等各种各样的问题。

"老人之家"据说会迁往东京郊外的府中市。

没想到我都九十多岁的人了，还能碰上第二十五次搬家……

人生真的是意外迭出。

府中市是我从未踏足过的地方。

我能适应那儿的环境吗？

能有幸再结识一群相处融洽、无须顾忌的一起唱歌的伙伴吗？

说我心里没有丝毫不安，那是骗人的。

不过，内心深处有个声音在说："没关系，不用担心。"

毕竟这把年纪了，还能在全新的舞台上崭露头角，并出版人生第一本书籍——《感谢离》，这足以证明我的运气差不到哪儿去。

所以，到了府中也会一切顺利的！

而且，我不是一个人。

和子会陪着我。不管去到哪里，从精神上说，和子始终与我同在。

所以，没事的。

回首过往，我再次深感过去的九十年里自己是多么幸运。

而一切的一切，都多亏了那些美好到令人难以置信的人——

二十多年来，在随笔的写作方法上给予我许多指导的木村治美老师。是写作让我成功熬过了那段痛苦的时光。

对我们病弱夫妻给予全力支持和爱护的"老人之家"负责人。直到现在，我房间的门牌还是老样子，依然写着我和妻子的名字。对我和妻子，他不是刻板地墨守成规、冷漠相对，而是处处给予了人性化的关怀，这让我们在这儿备感温暖，也充满了希望。

《朝日新闻》的记者森本美纪小姐。如果没有森本小姐真诚的采访和打动人心的报道，这本书是无缘与各位读者见面的。

在西宫樱花 FM 广播节目中朗读了我的投稿文章的田中千代野小姐。在节目里，她特意播放了我和妻子蜜月之旅的那首回忆之歌——《明媚的春天啊》。那份感动我会永远铭记于心。

双叶社的汤口真希老师和编辑神谷仁先生。你们能仔细听我细数我和妻子六十三年的婚姻历程，我很开心。

摄影师花井知之先生。虽然我也喜欢拍照，但是专业人士拍的就是不一样啊！你给我拍的肖像照，我非常喜欢！

还有"断舍离"的创始人山下英子老师。我投稿的文章在《朝日新闻》上登出后,她第一时间在博客上为我加油鼓劲。后来我得知此事时,不禁潸然泪下。正是因为在"断舍离"的启发下,才有了"感谢离"和"代谢离"。

每天对我嘘寒问暖、关怀备至的儿子、儿媳、女儿、女婿、孙儿们,还有经常陪我一起唱歌的伙伴们。

此外,还有读了我的投稿文章和相关报道后,给我寄信以示鼓励与支持的各位读者,还有拿起了这本书的各位。

虽然我不知道你们的名字和长相,但我确实感到和大家有缘。

借此机会,我要向大家表示由衷的感谢。

和最爱的人天人永隔后,不管时间过了多久,还是会无来由地感到悲伤。

多年风雨同舟的老伴儿,含辛茹苦把自己养大的父母、祖父母……也许,还有自己拼了命也想护其周全,却还是早早逝去了的孩子,以及心里无可替代的恋人……

如果无论如何都没办法将那些充满故人气息的遗物处理掉的话,那么请不要勉强自己。

但是,如果被所爱之人的遗物所包围,日日睹物思人、止步不前的话,那么请将目光从那些遗物上移开。生活还要继续,愿你想起与心爱之人共同度过的美好时光。

感谢相逢的奇迹,然后心怀敬意地放手。只有放手前进,才能继续生活的新篇章。我衷心希望"感谢离"和"代谢离"能助大家的人生重新找回失去的色彩,成为大家一步一步向前迈进的力量。

哎呀!

走到此时此刻,我这个老古董的人生像是开了"外挂"一样。

为了不让我感到寂寞,一定是和子在悄悄地为我牵线搭桥呢。

我拿出一直放在胸前口袋里的和子的照片,对她说:"你可真是煞费苦心啊!"

只见照片上妻子的脸颊微微一动,她恶作剧般朝我眨了眨眼睛。

河崎启一
2020 年 2 月